ベリーズ文庫

華麗なるホテル王は溺愛契約で絡め娶る【大富豪シリーズ】

若菜モモ

STARTS
スターツ出版株式会社

目次

華麗なるホテル王は溺愛契約で絡め娶る
【大富豪シリーズ】

プロローグ

「聖也《せいや》様、マダム・ランベールがこちらへ近づいてきます」

秘書の佐野真司《さのしんじ》さんが耳打ちしてくる。

「ムッシュ・ヒムロ。今回はおいでになるのかどうか、皆さんで噂をしていたところですのよ」

十七世紀に建てられた古城の大広間に足を踏み入れてすぐ、美術品収集家である富豪女性に呼び止められる。

「マダム・ランベール。相変わらず周りの女性がかすむほどの美しさですね」

七十代であると思われるマダムは、フランス上流社会では知らない者はいないと言われるくらい有名な女性だ。

「まあ、お世辞でもうれしいわ。あなたこそ素敵すぎて注目を浴びていてよ」

今夜は、とあるパーティーが開催されている。

美術品の愛好家たちが古城に集う会で、滅多に目にすることのできない貴重な絵画などが展示されるという、年に一度あるかないかの特別な機会となっていた。

二年ぶりに開かれたため、大広間は着飾った女性や正装の男性などで賑わっている。

日本人の俺が招かれるわけは、城主と亡くなった両親が親しい間柄だったおかげで、パーティーを開催する際は常に招待状が送られてくるからだ。

そこへ三十代前半くらいと思われる、ブロンドヘアをうしろでひとつに結んだ女性が現れて、マダム・ランベールに親しげに声をかける。

「マダム・ランベール」

モデル級のスタイルをシルバーのドレスに包んでいる。

ふたりは顔を寄せ合い、笑顔で挨拶を交わす。

「シモーヌ、ムッシュ・ヒムロを紹介するわ。世界中にホテルを展開している経営者なのよ」

「ムッシュ・ヒムロ、もしかして〝ホテル王〟と呼ばれている方ではありませんか？」

シモーヌと呼ばれた女性は、エメラルドグリーンの瞳を輝かせ、にっこり笑みを向けて片手を差し出す。

差し出された手をサッと握り返し、小さく口もとを緩ませる程度で応える。直後、彼女の後方にいる女性に目を留めた。

平均的な身長にペールブルーのドレスが映え、センスのよさがうかがえる。

大きな目で、隣にいる男に困惑している様子だった。

彼女は……！

らせん階段にいるその女性は入城する際、俺の落とした懐中時計を拾ってくれた日本人だ。

その懐中時計は、三年前に亡くなった父親の形見で大事なものだ。

雨上がりの地面には水たまりがあり、彼女は濡れた懐中時計をすぐさまハンカチで拭きながら、気づかず前を歩く俺たちに声をかけた。

そんな彼女にひと目惚れのような気持ちをいだき、初めての経験で我ながら驚くばかりだ。

ひとりで参加している様子だったが、隣にいるフランス人には見覚えがあり嫌な予感を覚える。

貿易で一財を築いたその男はかなり羽振りがよいが、過去に何人もの女性を泣かせているという話が社交界では有名だ。自分のそんな悪い噂を知らないような清らかな女性ばかりを食い物にするらしい。

俺はマダム・ランベールたちに挨拶をし、その場から離れる。

「ここにいてくれ」

佐野さんに伝え、俺は足早に懐中時計を拾ってくれた彼女のもとへと向かった。

大広間から二階へ上がれる階段の壁には、価値のある絵画が飾られている。

彼女は、十五世紀初頭に油彩技法を確立した画家の描いた絵画の前で、フランス人の男と話をしている。

俺は数メートル手前で立ち止まり、らせん階段に軽く寄りかかり彼女を見守る。

同じ日本人として、そして懐中時計を渡してくれたときに指先が触れ、電流が走ったような胸の高鳴りを覚えた。

俺が惹かれた彼女がこの男の毒牙にかからないようにしなければ。

男は口ひげを触りながら、ゆっくりとしたフランス語で彼女を誘っていた。

「君は印象派が好きなのか。我が家にもアンドレアの名画があるよ。〝陽だまりの中のライラック〟、知っているかな？　よかったらこの後観に来ないかい？　数人に声をかけてあるんだ」

彼は印象派で有名な画家の作品名を口にする。

彼女は瞳を輝かせた。

「それはすごいですね。あの名画があなたの家にあるなんて……」

感嘆する声だが、自宅に誘われて躊躇《ちゅうちょ》している様子もうかがえる。しかし、男はさらに「価値のあるものだから、本当に好きな人でなければ声をかけないんだ。家はここから車で三十分ほどのところにある」と彼女の心を揺さぶっている。

彼女が返事をしないうちにと、ふたりに向かって歩を進めた。

「Ma chérie《マシェリ》」

彼女の名前がわからないのでフランス人男性が恋人に呼びかける際の言葉を用い、特別な関係だと男に思わせるよう、ペールブルーのシフォンのドレスの腰に腕を軽く置く。

彼女は一瞬びっくりして二重の大きな目がさらに大きくなり身を引こうとしたが、俺は強引に耳もとに顔を寄せる。

「この男は嘘をついている。その名画はあったとしてもレプリカだろう。本物を所有している人を知っている」

恋人に向けるような甘い笑みを浮かべ、男にわからないよう日本語で話した。

「そう……なんですね……」

彼女は俺の話を信じてくれたようだ。しかし、がっかりしたような表情に胸が痛む。

「ああ」と軽くうなずいてから、男に向き直る。

「失礼。恋人になにか用でしょうか?」

「え？　い、いや。は、話をしていただけですよ」

男はうしろめたさからかしどろもどろになり、「そういえば友人に呼ばれていたんだ」などと口にしながら、らせん階段を下りていった。

「ありがとうございました。価値のある名画に心が揺れていたところでした」

「じゃあ、行くつもりだった？」

「……名画のためなら」

戸惑いつつも、言いきる彼女に目を大きくさせる。

「そんなに観たかった？」

「もちろんです。私、美術館の学芸員なので、あの絵画がひと目見られると言われれば選択肢はひとつしかなかったです。でも、嘘をつかれていたなんて……。危ないところを助けてくださりありがとうございました。ほんと、夢中になっちゃうと危険性を否めないのに行きたくなっちゃって」

小さく自虐的な笑みを向けられ、その可憐であってはかなげな表情に胸がざわめく。

「俺が所有者のもとへ連れていこうか？」

「え？　ほ、本当ですか？　連れていってくださるんですか？」

シュンとした顔が明るくなり、俺に向けた黒い瞳を輝かせる。

　美術品に関することには自分で言うように周りが見えなくなるのか、それともなにも考えない性格なのか。そして今の様子がかわいいという自覚はないんだろう。

「弱ったな。そんなに素直すぎると心配になる。さっきの男と同じようにこの誘いが嘘だったらどうするんだ？」

「……それでは、嘘だったんですね？」

「いや、仮定で言ったんだ。本当に見たいのなら所有者に聞いてみる。俺の都合で明日しかないが？　ああ……俺の名前は氷室《ひむろ》聖也」

　彼女はホッと安堵した表情を浮かべる。

「私は真壁澪里《まかべみおり》です。明日は空いています。でもお話をつけてくださるのなら、私ひとりでもかまわないか聞いていただけますか？　あなたの時間を私のことで使わせていただくのは申し訳ないですし」

「俺は明日の夜日本へ帰国するが、それまでには行って戻ってこられるだろうから案内する。北西部のノルマンディー地方でパリからは車で二時間ちょっとだ。懐中時計を拾ってもらったお礼をさせてくれ」

　マダム・エバンスの所有する絵画は、印象派で頭角を現した有名画家の初期の作品で、数回しか美術館に貸し出したことがないと聞いている。

現在は幻の名画と言われ、淡い美しい色彩は初期ならではのタッチだ。

彼女の夫は他界しており、俺の父の親友だった。亡くなった後も、マダムとは交流がある。かなりの美術品を所有しており、それらを観させてもらうため何度か訪れていた。

「明日の夜に帰国……お連れの方をおひとりにさせてしまって大丈夫なのでしょうか？　上司では？」

どうやら彼女は、俺より年上の佐野を上司だと勘違いしているようだ。

「え？　あ、ああ。社長と秘書の関係だが問題ないよ。では聞いてくる。ここにいてくれ」

らせん階段を一歩ずつ下りながら、彼女のことを考える。

俺を知らない、こびない彼女に好感をいだいている。理想の女性を見つけるとこんなにも心が浮き立つのだろうか。

これが決意表明なのか、初めて湧いた気持ちで高ぶっているのか……。

彼女を絶対に俺のものにする――。

一、憧れのレシュロル城の招待状

私、真壁澪里は現在二十八歳。東京《とうきょう》の港区《みなとく》にある私立美術館の学芸員として働いていた二年前、パリにある美術館に出向が決まり、渡仏。以来こちらで働いている。同僚のジャンヌたちと同じく学芸員としての仕事をしたり、パリの美術品を東京の美術館へ定期的に借り出したりと業務内容は様々だ。

パリで働くようになって最初に仲よくなったのがジャンヌで、ブロンドヘアが美しく、そばかすがあって愛嬌あふれるかわいい顔をしている。

私は二歳の頃から小学五年生まで、父親が仕事でパリに駐在し家族を帯同していたためフランス語が話せる。その関係で異動の打診があったときは、懐かしい場所へ行けることがうれしかった。

両親の趣味が美術館巡りだったので、小さい頃から美術品を頻繁に目にし、私自身も好きになっていった。

将来は美術品に携わる仕事をしたくて、学芸員を目指し大学院まで進んだ。勉強の傍ら美術館で三年間学芸員アシスタントを務め、二十五歳で念願の学芸員になれた。

その一年後、二十六歳のときにパリの美術館に出向し、もうすぐ二年になる。パリの生活が合っていて毎日が楽しいが、今月末にはここを離れ、帰国しなければならないのが残念だ。

九月に入ったばかりのパリは過ごしやすく、職場の美術館前にある公園のベンチでジャンヌと手作りのお弁当でランチをするのが日課になっている。

広い公園では、芝生の上で何組ものカップルがのんびり寝そべったり、本を読んだりしていて楽しそうだ。

目をそむけなきゃっていうシーンも多々見受けられる。恋人のいない私には目の毒。

彼氏より美術品を優先してしまう私は、男性と交際してみても数回のデートで趣味が合わないと言われてすぐ破局になる。お付き合いしたのは過去ふたりしかいないが、友達以上の関係にはならなかった。

「ねえ、ミオリ、知ってる？　レシュロル城で美術品を公開するパーティーがあるの」

「レシュロル城で？　すごく興味があるわ。でも、そんな高尚なところへ行けるわけないものね」

パリから車で一時間くらいのレシュロル城は一般公開されておらず、多数の貴重な美術品があると聞く。でも所有作品については書籍に少し載っているくらいで、それもごく一部。城内には素晴らしいフレスコ画や甲冑《かっちゅう》などもあるようだ。

そんなレシュロル城が、美術品愛好家たちのために〝美術品を愛でる会〟のパーティーを開くのは滅多にない。城主の気まぐれで開催されるという噂がある。

「はぁ〜」とため息を漏らす私に、ジャンヌも肩をすくめる。

「そんな表情をするとかわいい顔が台なしよ。まあ、館長クラスならまだしも、ただの学芸員が招待状を手に入れられるわけないものね」

「一生のうち、一度でも観に行けたら……と思うけど、夢のまた夢ね」

私たちは顔を見合わせて苦笑いする。

「ミオリなら、貴族のパトロンを見つけたらすぐ行けるわよ」

「貴族のパトロン⁉ そんなの絶対に、む、無理」

「まあそうよね。奥手なあなたが貪欲だったらすでに恋人もいるはずだもの」

彼女はカフェラテの入ったカップをもてあそび、ふふっと笑う。

「ジャンヌならできる？」

「できるわけないわ。私には結婚を約束した彼がいるもの。でも、その容姿を武器にしたら、楽しめたんじゃないかしら？ 透明感のある肌や、くっきり二重のネコのような目。黒い瞳が神秘的よね。こんなに食べたくなりそうな唇をしているのに、彼氏がいないなんて」

「もうっ、そんなにおだてないで、パリへは仕事をしに来たの。趣味が合わない男性とはきっと付き合えないわ。さてと、戻ろうか」

「もう時間ね」

ジャンヌはそう言って、カフェラテを飲み干して立ち上がり、私もお弁当箱の入った小さなバッグを持った。


オフィスに戻ると、五十代後半のふくよかな女性館長が近づいてくる。

「ミオリ、彫刻の立ち会いをお願いね。十五時に搬入される予定よ」

立ち会いは、貸す側と借りる側の学芸員が作品に傷などがないかを一緒にチェックする業務になる。

「わかりました」

補償問題になりかねない責任重大な仕事なので、さっきまでののんびり気分を姿勢正してシャンとさせる。

学芸員の制服はなく、華美にならない程度のきちんとした服装を求められる。

今日は白のブラウスにサックスブルーのジャケットと、タイトスカートを身に着けている。

この仕事は美術品を愛している人にはたまらない。時には誰もが知っている有名画家の絵画や彫刻を、ガラスケースのない状態でじっくり観ることができるのだから。

そんな時間が、私にとって至福の時だ。


十九時を少し回って、美術館からメトロで三十分ほどの自宅に帰宅した。

私が部屋を借りているアパルトマンは、三階建てで街になじんだレンガ造りの古い建物だ。オーナーの草野《くさの》さん夫妻が三階に住んでいる。

以前パリにいた頃、日本人のよしみで草野さん一家と家族ぐるみの付き合いをしていた。父の駐在が終わり日本へ帰国してからも、両親は手紙や電話で交流を続けており、私の異動が決まった旨を連絡した際、二階の一室が空いているから使いなさいと言ってくれた。その言葉に甘え、賃貸で住まわせてもらっている。

職場への交通の便がよく、治安のいい地区なので、とても住み心地がいい。

おじ様はパリで輸入雑貨の会社を経営していて、おば様は専業主婦。ひとり息子の和樹《かずき》さんは私の二歳年上で、父親の会社に就職をして別のアパルトマンに住んでいる。ときどき草野家での夕食に招かれるが、和樹さんはたまに来る程度だ。

部屋は小さなキッチンスペース、シャワートイレ付き、十二畳くらいのワンルーム仕様だ。同じ間取りの部屋が一階、二階のフロアに四部屋あって、現在はすべて埋まっている。

一階に中庭があり、おば様の趣味がガーデニングなのでいつも綺麗な花が咲いている。テーブルセットがあるので、休日に日差しがたっぷりのときはそこで美術品の本などを読みながらゆっくりしている。

シャワーを浴びて簡単なチャーハンを作って食べていると、スマホが鳴った。

和樹さんだった。

「もしもし？　和樹さん」

昔は〝和くん〟と呼んでいたけれど、ずっと会っていなかったし大人になった彼に以前の呼び方をするのもと思い〝和樹さん〟になった。

《澪ちゃん、いい知らせがあるんだ》

彼の呼び方は昔と変わらない。

少し興奮した様子の和樹さんに首をかしげる。

「いい知らせって……？」

《驚くなよ？　取引先から、九月十四日の土曜日にレシュロル城で開催される〝美術品を愛でる会〟の招待状を譲ってもらえるんだ。急だけど都合はつくかな？　澪ちゃん、行ってみたいだろう？　あ、レシュロル城の話は知っている？》

美術館の休館日は水曜日だが、ちょうど十四日と十五日は有休を消化するために休みをもらっていた。

「もちろん！　今日も同僚と話をしていたところなの。それは本当の招待状？　譲ってもらえるって、私が行っていいの？」

半信半疑だったが、それとともに期待感でうれしさがじわじわと広がっていく。

《大丈夫だ。澪ちゃんが行けるのなら、主催者に伝えてくれる。俺も興味あるし、一緒に行こう》

「和樹さん、最高よ。ありがとう！」

《じゃあ、また連絡する》

通話が切れて、スマホを胸にうれしさに浸る。

まさか、レシュロル城へ行けるなんて。幸運すぎて夢を見ているようだ。

二日後、和樹さんから招待状のＰＤＦとメッセージが送られてきた。参加者の変更済みとも明記がある。

行けることにホッと安堵した途端、文面を見て慌てる。

やはりドレスコードがあるのね。パーティードレスなんて一枚も持っていないから休日に買いに行かなきゃ。

招待日まであと十日ほどなので、気合を入れて探そう。

ちょうど明日は仕事が休みなので、出かけることにした。


ここ数日曇天だったが、今日は青空が広がっている。

朝の気持ちいい時間にマグボトルにコーヒーを入れ、昨日カフェで買ってきたサラダを持って中庭に下りた。

先週購入した美術品の専門誌を読みながら食事をしていると、三階のテラスから
「澪里ちゃん、おはよう」とおば様の声がして上を向く。

「おはようございます！」

「サラダしか食べていないの？　今朝焼いたマフィンがあるから持っていくわ」

下りてくるのは大変だから自分が取りに行くと言う前に、おば様はテラスからいなくなった。

そして三分ほど経って、数種類のマフィンが入ったかごを持って現れる。

昔から元気でバイタリティのある女性だ。

「お天気で気持ちがいいわね」

「はい。ここはおば様が丹精込めてお手入れされているので、すごく心地いいです。わっ、おいしそう。どれを食べればいいのか悩んじゃいます」

抹茶やチョコレート、ドライフルーツの入ったものがある。

「たくさん作ったの。あまったら持って帰って後で食べてね」

「ありがとうございます。おば様のお手製マフィン大好きなのでうれしいです」

「和樹が甘い物を食べないから張り合いがないけれど、澪里ちゃんが来てくれたおかげでお菓子作りも楽しいわ。でも、もうすぐ帰っちゃうのよね。寂しくなるわ」

普段は元気なおば様も、今は眉を下げてしんみりした表情になる。

「お部屋を貸していただけたおかげで常に安心できましたし、食事にも呼んでいただけて楽しく過ごせました。おば様のお料理はレストラン顔負けですし。私も帰国するのがとても悲しいです」

「澪里ちゃんのような女性が、和樹のお嫁さんになってくれればなと思っていたのよ」

「私が？　和樹さんには素敵な恋人がいるんじゃないですか？」

おば様の気持ちを知って目を丸くしてから笑う。

「いるのかしらねぇ」

「あ、数日前に和樹さんから、レシュロル城の〝美術品を愛でる会〟に誘っていただいたんです。マフィンいただきます」

先ほどから甘い匂いが鼻をくすぐり誘惑に耐えられず、抹茶のマフィンを手にして口に運ぶ。

「どうぞどうぞ。すごいじゃない。お城の美術品だなんて、貴重な経験になるわね」

「はい。もうワクワクが止まらないんです」

しっとりしたマフィンをそしゃくして、持ってきたコーヒーをひと口飲むとたまらないおいしさが喉を通っていく。

「おば様が作るマフィンはお店よりおいしいです」

「ありがとう。ところで、お城のパーティーっていうくらいだから、ドレスなのかしら？」

「そうなんです。どこへ行けばわりとリーズナブルなドレスが手に入るか、悩んでいるんですが」

そう言うと、おば様は「今は特別な期間でソルドをしているデパートがあるわ」と教えてくれ、少しして三階に戻っていった。

ソルドとはセールのことだ。後で見に行ってみよう。

午後、教えられた大手デパートへと赴いた。凱旋門につながる大通り沿いにあり、歴史を感じさせる重厚な石造の建物だ。

ドレスを選ぶのに時間がかかると思っていたけれど、ホワイトにブルーを混ぜたペールブルーのシフォンドレスにひと目で惹かれ、あっという間に決まった。

鎖骨に沿って大きく横に襟が開いたボートネックラインで、長袖とスカートの部分にふんわりとシフォンの生地が広がり、丈は足首までと希望通りだった。

ドレスに合うホワイトのストラップ付きサンダルとシルバーのクラッチバッグも購入して、満足のいく買い物ができた。

もしかしたら一度しか着ないかもしれないが、パリに来てからあまり無駄遣いをしていなかったし、帰国前の幸運な機会なのだから少し贅沢して思い出に残したかった。

翌日。出社してオフィスに入ってから少しして、私が籍を置く日本の美術館の上田《うえだ》主任からスマホに電話がかかってきた。

「真壁です」

《依頼した絵画の手続きは進んでいる？　堺《さかい》館長から頼んでいると思うけど》

「はい。準備は進んでいます」

東京の美術館のイベント用に必要な絵画だ。誰もが知っている有名画家の作品ではないが、それでも愛好家たちにはたまらないだろう。

《堺館長とも相談したんだけど、あれだけでは物足りないのよ。なにかメインになるものが欲しいの。こちらでリストアップしたから、交渉お願いするわ》

来年一月十八日から始まるイベントに使わせてもらえる有名な絵画を、これから帰国までに探せるか……。

《リストを送るわね》

「……やってみます」

通話が切れ、「ふぅ」とため息を漏らすと、隣の席に座るジャンヌがこちらを見て、「日本から？　浮かない顔ね？」と尋ねる。

「イベント用の絵画をもっと探せないかって」

パソコン画面を見て新着メールを開く。

「帰国までに⁉　あと二週間くらいしかないじゃない。けっこう厳しいわ。館長に頼んでみたら？」

「耳には入れるけれど、館長はお忙しいから私が直接オファーしないと。そのために出向しているんだものね」

「私がどうかしたかしら？」

ふいに館長の声がして振り返る。

館長が背後に立っており、慌てて椅子から立ち上がる。

「東京からオファーのリストが送られてきたんです」

館長は私が持っていたリストを覗《のぞ》き込む。

「……ため息が出るラインナップね」

「はい」

「ミオリ、東京の美術館の噂を知っているかしら？」

仲のいい学芸員はいるけれど、東京のことはまったく耳に入ってきていない。

「噂ですか？　なんの……？」

「経営不振でスポンサーを探しているらしいわ。もしくは経営者を交代する形に。でも、見つからなかったらつぶれるかもしれないそうよ。今度のイベントでは相当な集客を見込めないとね」

「それは本当ですか？」

にわかに信じられないが、心あたりがある。

三年契約のパリ出向だったが、今から三カ月前に、出向期間は二年間で終わらせて帰国するよう言い渡されてしまったのだ。

もう一年パリにいられたらうれしかったのに……。

もしかしたら、経営不振というのは事実なのかもしれない。

「そのリスト、ざっと見たところ難しそうよ」

「やるしかないです。もしも経営が危ないなら、少しでも多くの名画を契約しないと」

「がんばってね」

「ありがとうございます」

リストにある名画を所有する美術館や個人所有者を表にする。

有名絵画を所有する美術館などはわかっているはずだが、上田主任はそこまで親切ではなく、絵のタイトルと画家の名前しかなかった。

それからの一週間は上田主任の依頼にかかりっきりで、毎晩遅い帰宅で疲弊したが、週末はレシュロル城の〝美術品を愛でる会〟が念頭にあるので、美術館に断られてもへこむことなくがんばれた。

全力であたっているが、まだどれもいい返事をもらえていない。

落ち込みそうになるが、土曜日が楽しみで気持ちは高ぶっている。

レシュロル城の〝美術品を愛でる会〟に参加することは、ジャンヌはもとより美術館のスタッフには伝えていない。

招待状を手に入れることは一生かかっても無理かもしれず、うらやましいと思わせたくなかった。

金曜日、帰宅すると和樹さんから電話がかかってきた。

明日の時間確認だろうと考えながら、通話をタップする。

「澪里です」

《澪ちゃん、すまない！　明日仕事でミュンヘンへ行かなくてはならなくなったんだ。部下のミスでドイツ語が話せる俺がどうしても向かう必要があって。車を貸すからひとりで行けるかな？》

思いがけないことで一瞬困惑する。運転はできる。しかし、和樹さんが行けないのに私だけが参加するなんておこがましい。ひとりで向かうのは躊躇《ためら》う。

「そんなに謝らないでください。でも、私ひとりでは……やめて――」

《澪ちゃん》

やめておくと言おうとしたところを遮られた。
《澪ちゃんが行かなかったら、俺は罪悪感にさいなまれるよ。運転はできるだろう？　車は土日好きなように使っていいから。日曜には少し遠い美術館でも行くといいよ》
そう言われては気持ちが揺れる。
《名前は伝えてあるし、だけどひとりで行かせることになって申し訳ないし、残念だよ。心細いと思うが、君の知識力があれば楽しめると思う》
ひとりで参加……。尻込みしそうだけれど、この機会を逃してしまっては一生レシュロル城に入ることはできないだろうし、素晴らしい美術品を観られなくなる。
《澪ちゃん？　行くだろう？　俺のためにあきらめられると自責の念に駆られるよ。俺を救うと思って行ってほしい》
「……行きます。緊張で足がガクガクしてしまいそうだけど、行かなかったら後悔するはずだから」
《よかった！　絶対行かなかったら後悔する。じゃあ、明日の朝車を持っていく。家の前に止めて鍵と招待状は一階のポストに入れておくよ。緊張することないから楽しんできて。一緒に行けなくて残念だ》
「ありがとうございます。出張お疲れさまです。和樹さんが到着したら鍵は直接下に取りに行きますよ」

《朝早いんだ、だから気にしないで。じゃあ》

通話が終わり、スマホをテーブルに置いた瞬間、ドキドキ緊張してきた。

ひとりで参加……。でも、どんな状況だって行かなきゃ後悔する。

二、〝美術品を愛でる会〟で出会った人

翌日、目を覚ますと小雨が降っていた。

スマホで天気予報を確認すると、雨は午前中までとあって少しホッとする。天気予報はあてにならないけれど、やむといいな。土砂降りじゃないだけマシだ。

Tシャツとジーンズに着替えて一階に下りると、アパルトマンの前に和樹さんのダークグリーンの車が止まっていた。ポストの中に招待状と車の鍵があったのでそれを手にして部屋に戻り、招待状をクラッチバッグの中へしまう。

パーティーは十五時からで、軽食が振る舞われるとあった。

午前中にヘアサロンで髪をセットしてもらい、自宅で着替えてから十三時過ぎに出れば間に合うはず。

パリから現地までは車で一時間ほどかかる。

仕事でときどき車に乗っていたし、和樹さんの車は小さめのフランス国産車でカーナビも装備されている。

何回か運転させてもらったこともあったから、問題ないだろう。

十時前、予約していた近所のヘアサロンへ出かけ、ブラウンの髪を緩くシニヨンにしてもらった。

帰宅後、おば様からもらった梅干しを入れたおにぎりを作って食べ終えてからメイクを始める。

仕事ではナチュラルメイクだけれど、ドレスに顔が負けないようにアイラインとマスカラを施した。

艶感とラメが入ったキラキラしているローズ系のリップをつけた顔は、いつもより も華やかだ。

ペールブルーのドレスを身に着けると、もうすぐ十三時になろうとしていた。

大きなバッグにクラッチバッグと先日買ったストラップ付きのサンダルがちゃんと入っているかを確認してから、ヒールの低いパンプスを履き、ドレスの裾に気をつけながら部屋を出た。

いつもは着ない華やかなドレスだから恥ずかしく、紺のジャケットを羽織っている。

道路際に止めてある車に乗り込み、ドレスのスカートを整える。生地がたっぷりと広がっているわけではないので、運転は問題なさそうだが、アクセルやブレーキに引っかからないように持ち上げて動かないようにした。

カーナビをセットすると、到着時間は十四時三十分。少し道路が混んでいるようだ。ひとり参加は不安もあるが、それ以上に素晴らしい美術品を拝める楽しみの方が勝っている。高揚する気持ちを抑え、エンジンをかけた。

出発して十分ほどすると、気づけば小雨はやんで少し日が出てきていた。オートルートを南下し、オルリー空港の近くを通ってさらに先を進む。

オートルートとはフランスの高速道路である。

レシュロル城へはあと三十分ほどで着きそうで、思いのほか、ドライブを楽しんでいる。

ここまで来たら堂々と入城して、価値ある美術品をしっかり目に焼きつけよう。

ぶどう棚が辺り一面にあり、その先を進むと、大小三つの尖塔がある古城が見えてきた。

観光地化されていない城を訪れるのは初めてだ。

巨大な鉄門の両サイドにスーツを着た男性がいて、車をいったん止めて招待状を見せる。

この先の右手に止めるところがあると教えられ、車をゆっくり進ませた。

　言われた通りに向かった先に、何台もの高級車が止められている。

「すごい……高級車の展示会みたい」

　中には運転手が待つ車もある。

「やっぱり場違いね」

　運転席に座ったまま、パンプスからストラップ付きのサンダルに履き替える。

　そうしている間にも招待客の車はやって来て、降りると城の方へ消えていく。

「さてと、気合よ。気合！」

　自分を鼓舞させ、クラッチバッグを持って車から降りた。

　見上げると、豪奢な古城が目に入り、その美しさにため息が漏れる。

　雨上がりで足もとが悪いが、ドレスの裾を少し持ち上げながら古城へ歩を進める。

　ところどころに小さな水たまりがあって、気をつけながら歩いていると、タキシードを身に着けた男性ふたりが私を追い越していく。

　日本語？

　通ったときに日本語が聞こえたような気がして、思わず前を行くふたりのうしろ姿を見た瞬間、どちらからか金色をした小さななにかが落ちた。

「あ！」

ふたりは落ちた物に気がつかず、古城に歩を進めている。

急いで落下地点へ行き、水たまりから金色の丸いものを拾い上げて手にしてみる。

懐中時計……よね？　濡れていては壊れてしまう。

急いでクラッチバッグからハンカチを出して拭きながら、急ぎ足でふたりを追う。

「あの、落としましたよ」

日本語は聞き間違いかもしれないと考え、フランス語で呼び止める。

私の声で男性たちは振り返った。

壮年の男性と、驚くほど美麗でスタイルのいい三十歳前後と思しき男性だ。

「あなたのですよね？　水たまりに落ちました」

壮年の男性に落としたものを拭いて渡そうとすると、隣の男性が手を差し出す。

「私のです。ありがとうございます」

若干だけれど、彼がホッと安堵したような表情を浮かべたように見受けられた。

「懐中時計を落としていたとは。よかった……」

壮年の男性も笑みを浮かべ、受け取った彼に日本語で言う。

「よかった、本当に」

日本語で受け答えしたので、日本人だと確信した。

「日本の方だったんですね」

言葉を日本語に変えると、彼は切れ長の目を少し大きくさせる。

「ええ。君のハンカチを汚してしまった。弁償させてほしい」

「いいえ。たいしたハンカチではないので。では、失礼します」

こんなに素敵な人と話すのは初めてで心臓がドキドキして、早く離れたくなった。

頭を軽く下げてふたりから離れ、大きく開け放たれた観音開きの扉へと進み、入城した。

黒と灰色の市松模様の床に立ち、目に飛び込んできたのは数々の調度品だ。

書籍で目にしたことのある、レシュロル城より古い歴史を持つバロック様式の肘つきの椅子などもあって、駆け寄りたい気持ちを抑え、燕尾服に身を包んだ初老の男性に招待状を渡す。

「マドモアゼル・マカベ、ようこそお越しくださいました。この先を進みますと会場の大広間です」

うやうやしく頭を下げられて、自分がお姫様になったみたいな気分だ。

「ありがとうございます」

できるだけ丁寧にお辞儀をしてから離れる。

ふとうしろを見るが、先ほどの男性たちの姿はない。

年代物の懐中時計だったから、水が入ってしまったか確認しているのかもしれない。

若そうなのに、懐中時計を身に着けているなんて相当おしゃれな人なのね。


通路の両サイドには、同間隔で並ぶ西洋騎士の年代物の甲冑が飾られている。

今この空間にひとりだったら、恐ろしくて足がすくんでしまうかも。私の前にもドレスアップした男女が数組歩いているから、それほど怖がらずに通れる。

初老の男性に言われた通り向かうと、きらびやかな大広間に出る。そこは十七世紀の舞踏会を彷彿とさせ、着飾った男女が談笑していた。

三分の一くらいの男女は、壁にかけられた絵画やいたるところにあるフレスコ画を鑑賞している。

価値ある美術品だというのに、招待客はシャンパングラスを片手に観ていて、染みでもつけたらと考えるとドキドキする。

あの絵画はルシェのタッチに似ているわ。

貴婦人たちが日傘をさして、小さな子どもたちを見ている絵だ。

引き寄せられるように、絵画に近づく。やっぱりルシェだわ。

左下にサインがあって目を見張る。

ルシェはフランスの画家で、有名画家たちと名を馳せた人物。だが知られているのは十点ほどで、ここにはざっと見たところ十点以上ある。保存状態も最高だ。

素敵……レシュロル城にあったなんて……。

ほぅっとため息が漏れる。

写真撮影は禁止なので、目に焼きつけるしかない。

「マドモアゼル、お飲み物はいかがですか？　アルコールは右手、ソフトドリンクは左手になります」

ギャルソンがシルバーのトレイ上にある飲み物を私に見せる。グラスも素晴らしい年代物のように見受けられ、手に取ってみたい。

しかしとてもじゃないけれど、飲みながら鑑賞なんてできないわ。万が一、人とぶつかったら絵画にかかってしまうかもしれない。

「ありがとうございます。でも、今はけっこうです」

にっこり断ると、ギャルソンはほかの招待客のもとへ行く。

ここにいられるのが三時間しかないなんて。

しばらく夢中になって大広間にある絵画を鑑賞していくが、喉の渇きを覚え、絵画から離れて通りすがりのギャルソンからオレンジジュースのグラスをもらう。

口をつけながら辺りを見渡した先で、西洋人の体躯にも劣らない高身長のあの日本人男性が年配の男性と談笑していた。

顔のパーツが黄金比率のように整っている。そしてタキシードに黒の蝶ネクタイ姿は着せられた感ではなく、モデル以上に着こなしている。

懐中時計、中に水が浸入していなかったかな……。

半分ほどオレンジジュースを飲んだところで、時間がもったいなくて空いたグラスを回収しているギャルソンのトレイにのせると、まだ観ていない方へ歩を進めた。

大広間の入口近くに、二階へ続くらせん階段がある。上りきったところについたてがあってそこから先へは行けないが、らせん階段横の壁にも素晴らしい絵画が飾られている。

ドレスの裾に気をつけながら、一段一段絵画を堪能していく。

踊り場に飾られている絵に目を見張った。

アンドレア・マニュアルだわ。

印象派の彼女の作品もまだどこかに埋もれ、世に出ていない作品がいくつかある。

その一点がここに……。

アンドレアの作品は花が多い。ここにあるのはバラ園だ。

「マドモアゼル、熱心に見ておられますね。あ、失礼。フランス語は？」

口ひげを蓄えた中年の物腰やわらかな男性だ。

「はい。大丈夫ですが、時間に限りがあるのでお話をしている暇は――」

申し訳なさそうに断りを入れようとするが、男性は破顔して言葉を遮る。

「無理もない。レシュロル城の美術品は愛好家たちにとって喉から手が出るほどのコレクションですから」

「そうですね。オークションともなれば想像できない金額になりそうです」

「その絵を食い入るように観ていたようですが、アンドレアのファンなのですか？」

「はい。何点か観たことがあって。淡い色味のどの色も心に響き、大好きなんです」

話している暇はないのに……。

二段歩を進め、ほかの作品へ顔を向けた。

「君は印象派が好きなのか。我が家にもアンドレアの名画があるよ。〝陽だまりの中のライラック〟、知っているかな？　よかったらこの後観に来ないかい？　数人に声をかけてあるんだ」

え……？　あの絵が？

振り返り、男性へ視線を向ける。

「それはすごいですね。あの名画があなたの家にあるなんて……」

〝陽だまりの中のライラック〟を所有していることに感嘆したが、見知らぬ人に誘われて困惑する。

「価値のあるものだから、本当に好きな人でなければ声をかけないんだ。家はここから車で三十分ほどのところにある」

どうしても観たい衝動に駆られる。

男性の家に行くのは……でも、ほかの人も行くのなら……。

今後見られるかわからないし、もしかしたら、交渉して貸し出してもらえるかもしれない。

〝陽だまりの中のライラック〟があれば、東京の美術館のイベントでは最大のメイン絵画になるだろう。

こんな機会逃せない。日没は二十時頃だから、まだまだ明るいし。

行ってみよう。そう思ったとき、ふいにあの日本人男性が現れ、口もとに笑みを浮かべ私のウエストに腕を回した。

「Ma《マ》 chérie《シェリ》」

少しハスキーな甘い声と微笑に、心臓がドクンと跳ねる。

マシェリって大切な女性を呼ぶときの言葉だけど、どうして……？

ウエストに置かれた手を思い出し、ハッとなって外そうとしたが、彼はさらに私の耳もとに顔を近づけた。

し、至近距離すぎる……。

「この男は嘘をついている。その名画はあったとしてもレプリカだろう。本物を所有している人を知っている」

この人は恋人のフリをして助けてくれたのだと理解した。

「そう……なんですね……」

「ああ」

彼は軽くうなずいてから、フランス人男性に向き直る。

「失礼。恋人になにか用でしょうか？」

「え？　い、いや。は、話をしていただけですよ」

先ほどの笑顔はどこへ行ったのか、若干焦った表情でらせん階段を下りていった。

「ありがとうございました。価値のある名画に心が揺れていたところでした」

「じゃあ、行くつもりだった？」

危機感がないとあきれられるのはわかっていたが、正直に返した。

「……名画のためなら」

「そんなに観たかった?」

「もちろんです。私、美術館の学芸員なので、あの絵画がひと目見られると言われれば選択肢はひとつしかなかったです。でも、嘘をつかれていたなんて……。危ないところを助けてくださりありがとうございました。ほんと、夢中になっちゃうと危険性を否めないのに行きたくなっちゃって」

自分を笑うように口もとを緩める。

「俺が所有者のもとへ連れていこうか?」

「え? ほ、本当ですか? 連れていってくださるんですか?」

彼の提案に耳を疑う。

「弱ったたな。そんなに素直すぎると心配になる。さっきの男と同じようにこの誘いが嘘だったらどうするんだ?」

「……それでは、嘘だったんですね?」

「いや、仮定で言ったんだ。本当に見たいのなら所有者に聞いてみる。俺の都合で明日しかないが? ああ……俺の名前は氷室聖也」

本当だったのね。ほいほいとついていく女みたいに思われてしまい、恥ずかしさは否めない。

もしかしたら彼は誘って後悔しているかもしれないので、迷惑をかけないようにしなきゃ。

「私は真壁澪里です。明日は空いています。でもお話をつけてくださるのなら、私ひとりでもかまわないか聞いていただけますか？　あなたの時間を私のことで使わせていただくのは申し訳ないですし」

「俺は明日の夜日本へ帰国するが、それまでには行って戻ってこられるだろうから案内する。北西部のノルマンディー地方でパリからは車で二時間ちょっとだ。懐中時計を拾ってもらったお礼をさせてくれ」

「明日の夜に帰国……お連れの方をおひとりにさせてしまって大丈夫なのでしょうか？　上司では？」

氷室さんは一瞬あっけに取られた顔になったが、すぐにうなずく。

「え？　あ、ああ。社長と秘書の関係だが問題ないよ。では聞いてくる。ここにいて」

颯爽とした足取りでらせん階段を下りていく彼を見て、我に返り絵画へ体を向ける。

まだまだ観るものがたくさんある。

しかし今は目の前の絵よりも、アポが取れるかが気になって集中できない。

先方の都合がよかったら、今まで数回しか展示されたことのない〝陽だまりの中のライラック〟を観られる。

彼が所有者を知っているのは嘘ではなさそうだし、あのルックスからきっとモテモテで引く手あまただろうから、体目的で自分から女性に声をかける人には見えない。

ひとつの絵を見ている間に氷室さんが戻ってきた。相手の返事はどうなったのか、食い入るように見つめる。

「所有者とアポが取れた」

肩に入っていた力が抜ける。

「ありがとうございます。本当にありがとうございます」

一度頭を下げ、もう一度頭を動かそうとする私の体がそのまま壁に押しつけられ、氷室さんは片方の手を壁に置いてもたれかかる。

私の顔の横には今まで見ていた絵画がある。

「何度も頭を下げたらやつに変に思われる。君のこと、あきらめていないのかもしれない。ほら」

言われるままに大広間の方へ視線を泳がすと、先ほどの口ひげの男性と目が合った。

男性は口ひげを指で触りながら、私に向かってニヤリと口角を上げてみせる。

その表情に背筋がゾッとなって、すぐに氷室さんに顔を向けた。

「まあ、入城してからひとりなのを見ていたのかもしれないから、疑われているのだろう。退城まで一緒にいてもいいか?」

そう言いながら、私の右耳から首にかけて彼の左手が囲うようにして置かれ、顔を寄せられる。

「い、一緒に? でも私、まだいろいろ観たくて……」

すると、なにがおかしいのか、氷室さんは楽しそうにクッと喉の奥で笑う。

「君っておもしろい」

「お、おもしろい……?」

「存分に観るといいよ。俺は君のボディーガードに徹するから」

心臓がこれ以上ないほどドクッと跳ねたが、彼の唇が唇に重なることはなかった。

見上げているフランス人男性からは、キスをしているように見えるだろう。

「も、もういいですよね? お気遣いありがとうございます」

キスをしていないとはいえ、彼のブラウンの瞳に私の顔が映っているのが見えるほどの至近距離で、氷室さんの巧みな演技にドキドキさせられっぱなしだ。

「顔が赤い。これで充分だ」

氷室さんは私の反応に笑って離れる。

「閉城まであと一時間だ。観るといい」

「もうそんな時間！」

彼は慌てる私から離れ、らせん階段の手すりの方に移動して体を軽く預ける。

背後にいる氷室さんが気になるが、今は絵画をしっかり目に焼きつけなければ。

明日〝陽だまりの中のライラック〟を観ることができる。なんていう幸運なの。

夢を見ているみたい。

らせん階段の壁に飾られている最後の絵画を観終わり振り返ると、氷室さんがさっきの位置のままスマホをいじっていた。

なんて絵になる人なんだろう。きっとこの著名な画家たちが生きていたら、描きたいと思うに違いない。

観ている招待客をよけながら階段を下りる。足音が聞こえたのか、氷室さんがスマホから顔を上げた。

「お待たせしました。氷室さんは美術品に興味がないのですか？」

「何回か観ているからいいんだ。いちおう今日も観たい作品はすでに観終えている」

レシュロル城に何度も来ているってことよね？　あの社長さんはかなりのやり手なのだろう。

並んでらせん階段を下りたところで、ギャルソンが飲み物を勧めてくる。

「シャンパーニュは？」

「いいえ。車なので」

「では、ソフトドリンクを」

氷室さんにどれがいいか手で示される。

会場の熱気にあてられて、炭酸飲料が欲しくなりジンジャーエールを選ぶ。彼も同じものを手にした。

「どこから運転をしてきたんだい？」

「パリからです。誘ってくれた友人が、急遽仕事でドイツに行かなくてはならなくなって、ひとりで来ました」

グラスに口をつけると、ジンジャーエールの爽やかでスッキリした液体が喉をスーッと通る。

「次はどこに？」

「左側がまだなんです」

「時間がない。行こう」

グラスを持ち、氷室さんとともに左手に歩を進め、途中で半分残っているグラスを返す。

それを彼が不思議そうに見やる。

「万が一、絵にかかってしまったらと思うとゆったりと観られないので」

「さすが学芸員だな。美術品の価値を軽んじていない」

「私につきっきりで社長さんは大丈夫ですか？」

「ああ、問題ない」

即答だったので安心して左側の壁にかかる絵を観始める。

じっくり絵画や調度品などを鑑賞し、閉城まで十分になったところで、ひとりのシルバーヘアーが素敵な老齢の男性が近づいてきた。

「マドモアゼル、私はアンテュール・レシュロルです。楽しんでいただけましたかな？　マドモアゼルが一番熱心に観ておられた。この会を開いたかいがあったというものです」

レシュロルといったら、城主。言葉の一つひとつに重みがある。

それにしても、私に目を留めていたなんてびっくりだ。

「あ、あの。ミオリ・マカベと申します。このたびはありがとうございました。素敵で価値をつけられないほどの美術品、堪能させていただきました」

「魅力的なお嬢さんだ。喜んでいただけてなによりですよ。また開催した際にはぜひいらしてください」

城主じきじきにそんな言葉を言ってもらえるなんて耳を疑ってしまい、隣の氷室さんを仰ぎ見る。彼の身長はそれほど高い。

「レシュロル候からのお誘いはすごい」

氷室さんのフランス語は私よりも淀みない。

「でも、残念なのですが九月末に日本へ帰国しなければならなくて……」

「日本へ招待状を送らせていただきますよ。次回はもっと内部のものをご覧いただけるように。後日、招待状にあった私どもの事務局の番号にご連絡ください」

どうして城主が末端の私なんかに声をかけてくれるのかわけがわからないが、とても光栄なことだと破顔する。

「それではなんとしても参加させていただかなくては。レシュロル侯、お話ができたこと大変うれしく思います」

「私もです。では、失礼しますよ。気をつけてお帰りください」

城主は氷室さんにも視線を向けて口もとを緩ませる。

「はい。ありがとうございました」

丁寧にお辞儀をして城主を見送った。

「もう夢じゃないかと思うくらいありえないことの連続で、目眩《めまい》がしそうです」

「それは食事をしていないせいじゃないかな？　あ、ちょっと待ってて」

氷室さんが私から優雅な足取りで離れるのを見ていると、視線を感じた。先ほどのフランス人男性がこちらを見ていた。

氷室さんの言ったことは本当なのね。嘘をついて家に呼んで……。氷室さんに助けられて心から感謝だわ。

「待たせたね。明日の相談をしよう」

氷室さんが戻ってきてホッとする。

「それほどでもないです。本当に明日はお言葉に甘えてしまっていいのでしょうか？」

「ああ。気が進まない話は絶対にしないから安心して。車で迎えに行く」

「申し訳ないので……借りた車なんですが、日曜日も自由に使っていいと言われていますから、私がお迎えに上がります」

和樹さんには家に戻ったら連絡しておくつもりで口にする。

「気にしないでかまわないから。安全に送り届ける。自宅を教えるのが不安なら、君の働いている美術館前での待ち合わせはどう？」

「……すみません。では、お願いします」

あまり強引に言っても面倒くさい女だと思われそうで、美術館の名前を伝えた。

「OK。商談が入っているから九時三十分の待ち合わせでいいかな？」

「お仕事があるのに申し訳ありません」

「朝食を兼ねた商談だからそれほど時間はかからない。じゃあ、車まで送っていく」

私たちがスマホで連絡先の交換をしているうちに、気づけば招待客はぞろぞろと出口の方に向かっていた。

「ありがとうございます」

先ほどのフランス人男性の目つきが気になるので、氷室さんに車まで送ってもらえたら安心できる。

今のところあの男性の姿は見えないが、車へ行くまでにばったり会ったらと思うと怖い。

氷室さんは私が鑑賞している間もとくに邪魔をしたりせず、思慮分別があると思う。

城内を進み出口近くになったところで、入城したときに招待状を見せた初老の男性が立っており、一人ひとりお客様を送り出していた。

「マドモアゼル、楽しまれましたでしょうか？」

「はい。とっても。ありがとうございました」

笑みを深めてお礼を伝える。

「レシュロル候からこれを。熱心に観られておいでで食事がまだでしょう。サンドイッチを用意してあります」

「え……いいのですか？」

「はい。もちろんですよ」

綺麗《きれい》に包まれた四角い包みを差し出され、おそるおそる受け取る。

「ありがとうございます。レシュロル候にもお礼をお伝えください」

頭を下げて外へ出る。

時刻は十八時を回ったところだが、まだ明るい。来るときは水たまりがあったが、今はもうない。

「すごい待遇を受けてびっくりです」

「君があまりにも熱心だったから、目に留まったんじゃないか？」

「今日は素敵なことばかりで自分の幸運が信じられません。ドレスを着ていたせいもあって、別世界にいたのではないかと。ひと晩寝て起きたら夢だった……ってこともあるかも」

氷室さんは笑みを浮かべながら、軽く首を左右に振る。

「現実だから安心して。ちゃんと明日〝陽だまりの中のライラック〟を観に連れていくから」

「はい。本当にありがとうございます」

話をしているうちに駐車場に到着した。車は少なくなっていて、次から次へと去っていく。

「あ、この車です。ありがとうございました」

「パリまで一時間くらいか。運転気をつけて」

美麗な顔が真剣な表情を浮かべる。

「はい。サンドイッチは帰宅したらいただきます。それでは失礼します。社長さんに、氷室さんをお借りして申し訳なかったとお伝えください」

「わかった。じゃあ」

彼が麗しく笑みを浮かべる。

鍵でロックを解除すると、氷室さんがドアを開けてくれて運転席に乗り込む。

「さようなら」

「ああ、また明日」

彼がドアを閉めてくれ、エンジンをかける。

車を動かすまで氷室さんはその場で見送ってくれ、バックミラーで見たとき、彼は背を向けて歩き始めていた。

今日は幸せすぎて、まだ心が浮き立っている。それに明日は〝陽だまりの中のライラック〟を観られるなんて。今夜は眠れないかもしれない。

運転に集中しないと。自分に言い聞かせて、一路パリに向かった。

三、ドライブのアクシデント

翌日。約束の三時間前には目を覚まし、ゆっくり支度を始める。

昨晩は帰宅後、ドレスを脱いでシャワーを浴びたのち、レシュロル候からだと持たせてくれたサンドイッチを食べた。

パンはしっとりやわらかくとてもおいしかった。ブッフェで出されていたサンドイッチを包んだのなら、あんな食感にはならないだろう。

あえて作ってもらったとしたなら本当にすごいことだったなと、誘ってくれた和樹さんやフランス人男性から守ってくれた氷室さん、そしてそんな一日に感謝の気持ちで食事をした。

レシュロル城の美術品や氷室さんとの出会い、そして明日には素晴らしい絵画を観られるという興奮で、昨夜はなかなか眠れなかった。

今朝も、気分は昨日からずっとふわふわ浮いている感覚だ。

ベージュに黄色い小花をあしらったワンピースとブラウンのパンプスに、出かけるときに使う本革の肩から提げるバッグを手に部屋を出て、メトロに向かう。その途中、朝早くから開いているカフェに併設されたショコラトリーで手土産を購入した。

職場の美術館の前に到着したのは約束の十分前だった。

すでに氷室さんは到着していて、ホワイトパールの高級車の外で待ってくれていた。日本の最高級と言われるSUV車だ。

こんな高級車を借りて、また社長さんに迷惑をかけてしまったかもしれない。出かける予定はなかったのだろうか。

氷室さんはまだ私に気づかず、スマホに視線を落としている。

今日はアッシュグレーの薄手のニットと細身のジーンズ。シンプルなのに、昨日のタキシードと同じくらい素敵だ。

本当にかっこいい人。

忙しいのに彼のような人が私に付き合ってくれるなんて本当に不思議だけど、乗りかかった舟……みたいに思ってくれているのだろう。

氷室さんから十五メートルほどのところで立ち止まっていた自分にふと我に返り、歩を進める。

「氷室さん」

ちょうど顔を上げたところで、完璧なイケメンの瞳と目が合う。

「真壁さん、おはよう」

「おはようございます。お仕事は大丈夫でしたか？」

朝から破壊力のある笑顔を向けられて、心臓がドクンと跳ねる。

「ああ。時間に余裕があった」

彼はそう言いながら、助手席側のドアを開けて「どうぞ」と私を促す。

助手席に腰を下ろし外側からドアが閉められ、運転席に氷室さんがやって来た。

彼が腰を下ろしシートベルトをしたところで、体を少し運転席の方へ傾ける。

「今日はよろしくお願いします」

「こちらこそ。俺も〝陽だまりの中のライラック〟を観るのが楽しみなんだ」

「氷室さんのお勤めしている会社は、美術関係のお仕事をされているのでしょうか？」

車は走り始め、重低音のエンジン音が足もとに心地よく響く。

「いや、美術鑑賞は単に趣味だよ」

〝陽だまりの中のライラック〟は数えるほどしか世に出たことがないのに、それを知っているのは、芸術品にかなり興味があるのだろう。しかも所有者を知っているなんて、ものすごいことだと思う。

氷室さんが知っているのではなく社長さんのおかげなのか、よくわからないけれど。

「今夜のフライトの時間は？　それまでに余裕を持って戻ってこないといけませんね」

「……大丈夫だ。とりあえず片道二時間ちょっと。疲れたら俺に気兼ねせずに眠っていいから」

氷室さんの運転はとても静かで、眠気に誘われてしまうかもしれないが、そうなったら申し訳ない。絶対に寝てはいけない。

「昨日は真壁さんのおかげで、大事な懐中時計をなくさずに済んで本当に助かった」

「かなりの年代物とお見受けしました。水は入っていませんでしたか？」

「ああ。すぐに拭いてくれたおかげで大丈夫だったよ。父が若い頃オークションで手に入れたもので、形見なんだ」

形見……。本当に大事なものだとわかった。

「気づけてよかったです」

車はオートルートに乗ると、氷室さんは西に向けてスピードを上げる。

氷室さんは聞き上手で、会話が弾む。

「昨日レシュロル候に、九月末に帰国をすると話していただろう？　パリを離れるのか？」

「はい。出向期間が終わり、今月末には帰国します。パリには二年間いました」

「そうか……残念そうに聞こえる」

「フランスが大好きですから。父の仕事の関係で二歳から小学五年生までパリに住んでいて、両親に連れられてよく美術館へ行っていました。パリは思い出の土地なんです。たくさんの美術館があって、すぐに名画を観に行けますから」

「俺もこの国が好きだな」

氷室さんの雰囲気はおしゃれなパリによく似合う。どこでも写真を撮ったら、ファッション雑誌の一枚になりそうだ。

「お仕事で頻繁に来られるのですか？」

「半年に一度くらいは来ている。そのときに時間があれば美術館を訪れているよ。君の働く美術館にも何度か足を運んでいる」

「一年に二回も。うらやましいです。うちの美術館にも来られていたんですね」

「ああ。好きな美術館のひとつだよ。東京の方は残念ながら行ったことがない」

淀みなく車線変更をしながら、スムーズに走らせている。

「東京の方には誰もが知る名画はほとんどないのですが、印象派や抽象派、日本人作家の彫刻などを展示してあります。お天気のいい日はのんびり庭のベンチに座って石像のレプリカを観られます」

「では、今度案内してもらえる？」

東京で……。美術館が経営難だという噂なので、東京に戻ったら私は職を失うかもしれない。でも彼は社交辞令で言っているだけだろうから、この場では話を合わせておこうと思った。

「……はい。ぜひ。今日のお礼に案内させてください」

パリ市内はまああの晴天だったが、だんだんと雲が多くなっていく。

「お天気がもっといいのですが」

「そうだな。田舎の天気は変わりやすいかもしれない」

私が片道約二百五十キロメートルも運転するとしたら無謀だったかも。

氷室さんはまったく疲れを見せずにステアリングを握り、話をしてくれている。

こんなに長時間、男性とふたりきりで車の中にいるのは初めてで、最初は緊張していたが、彼の何気ない会話で徐々にほぐれていき、自分が学芸員になった経緯や、絵画の話に花を咲かせた。

オートルートを降りてさらに一般道路を走り、あと三十分ほどでようやく到着するようだ。

私にとってはそんなに長い時間ではなかったので〝ようやく〟ではないが、運転してくれていた氷室さんにとってはそうかもしれない。

「もう昼だな。ビストロで食事をしてからにしよう」

「はい」

もうしばらく走ればイギリス海峡に出られ、所有者のお宅は手前の森の中にあるという。

ここへ来るまでは狭い道もあって、舗装もされていないが、田舎へ来るのは初めてなので景色を楽しめた。

「ビストロはほとんどなさそうだ。見つけたところに入ろう」

氷室さんはこぢんまりとした小さな村に車を進め、ゆっくり走行し、一軒のかわいらしいホテルのビストロを見つけた。

小さな村の食堂といった印象で、店内には四人掛けのテーブルが五つほどしかなく、二組が食事をしていた。

「おや、珍しい東洋人のお客様だ。好きなところに座って。あー、フランス語はわからないかしら？」

年配の女性がにこやかにテーブルを示す。

氷室さんは年配の女性に「言葉は通じます。ではそこに」と口にし、近くのテーブルの椅子を私のために引く。

今まで男性に椅子を引いてもらったことなどなくて、落ち着かない。

「ありがとうございます」

腰を下ろして、氷室さんは対面に座る。

メニューはそれほど多くないが、素材が書かれてあって想像できるので選びやすい。

「あの、氷室さん」

メニューを見ている彼に声をかける。

「ん？」

氷室さんが顔を上げる。

「連れてきていただいたので、ガソリン代も食事代も私に支払わせてください」

そんなことを言われたら選びにくくなる……？

「あ、お好きなものを選んでください」

ビストロの会計のときに支払いを持つと言えばよかったのかもと、すぐに後悔する。

すると氷室さんはおかしそうに口もとを拳で押さえ、笑いをこらえる。

「クッ」

「なにか、おかしかったですか？　やっぱり料理を選ぶ前に言われたら気まずいですよね」

「いや、真壁さんの人柄がわかるというか、正直というか。そして気を使う人なんだなと」

「と、とにかく選んで頼みましょう」

「そうしよう」

私たちはジロールというきのこのオムレツと、鶏肉のチキンのクリーム煮に決め、オーダーを済ませた。

「真壁さん、ガソリンは大丈夫なんだ。そのまま戻せばいいから。食事代だが、俺は女性に払ってもらうのに慣れていない。だから、俺が支払う。いいね？」

強引に言われてしまい、顔をしかめる。

「それでは氷室さんに迷惑ばかりがかかります。女性に支払われる第一号ってことでいいじゃないですか。ここまで連れてきていただいて、私の気持ちが収まりません」

氷室さんは眉根を寄せて渋い顔になる。そんな顔でもイケメンがやるとかっこいい。

「では、こうしよう。俺が連れてきたんだから、俺の好きにさせてくれないか？」

「え……？」

「料理が来る。おいしそうだ」

先ほどの女性が、オムレツがのったふたつの皿を両手に持ってやって来る。

氷室さんは決して折れないのだ。

仕方ない。日本に戻ったら、なにかプレゼントでお礼をしよう。

目の前に置かれた皿から、ほんのり甘い香りが漂ってくる。

「この匂いは？」

女性に尋ねる。

「ジロールだよ。あんずのような甘い香りがして、卵との相性が抜群なんだよ。夏の終わりからシーズンが始まるんだ」

白っぽいきのこがジロールらしい。

「おいしそうです」

女性は一度厨房に入ってから、カットしたバゲットが入ったかごを持って戻ってきて、テーブルに置く。

「氷室さん、いろいろとありがとうございます。お言葉に甘えさせていただきます。その代わり、日本へ戻ったら必ずお礼をさせてください」

「わかった。では食べよう」

彼は満足げに口もとを緩ませ、手を伸ばしてバゲットをひとつ取り食べ始める。

「いただきます」

ジロールのオムレツを食べ終わる頃、チキンのクリーム煮が運ばれてきた。

ナイフを軽く入れただけなのにホロホロとほぐれるチキンは、口に入れてもとてもやわらかくておいしい。

バゲットにソースをつけて綺麗に食べると、氷室さんも同じ食べ方をしていた。

「とてもおいしかったですね」

「ああ。満足だった」

食事の最後に出てきたコーヒーを飲み終え、会計を済ませた氷室さんに頭を下げる。

「ごちそうさまでした」

「なかなかいいビストロだったな」

ビストロを出て車に乗り込み、所有者のもとへ向かった。

白い鉄柵の門の向こうに、二階建てのレンガ造りの家が見える。決して豪邸という見栄えではなく、フランスの田舎町によくある普通の古い邸宅といった印象だ。

〝陽だまりの中のライラック〟を所有しているのに、警備的にどうなのだろう。

車から降りたとき、家から白髪のスラリとした女性が現れた。

「セイヤ。よく来てくれたわ」

「モーリー、突然の連絡にもかかわらず、快諾してくれてありがとうございます」

「あなたの頼みでは断れないわ。田舎暮らしは出かける場所もないから、お客様は気晴らしになるのよ」

ふたりは親しげに挨拶を交わす。

「綺麗なお嬢さんね。お会いできてうれしいわ。モーリー・エバンスです」

白髪をシニヨンにした上品な雰囲気の女性は、笑顔で私に手を差し出す。

「ミオリ・マカベです。今日はありがとうございます」

お土産に購入したショコラが入っているショッパーバッグを手渡す。先ほど、氷室さんもラッピングされた大きな箱を渡していた。

私がお土産を用意すると言っておけばよかった。彼に気を使わせてしまった。

「まあ、フランス語がお上手だと聞いていたけれど、発音がいいわ」

「彼女は幼少期、パリで暮らしていたんですよ」

「そうだったの。〝陽だまりの中のライラック〟を観たいとか。ほかにも有名ではないけれど絵画があるから、ゆっくり観ていってね」

リビングルームを進み、奥のドアへ案内される。

少し薄暗い広い部屋がパッと明るくなった瞬間、そこにある額の多さに目を見張る。

三つある腰ほどの高さの長い台の上に箱がいくつもあって、たくさんの額が重ねられていた。

「この中から〝陽だまりの中のライラック〟を捜してみてね。宝捜しみたいで楽しいでしょう？」

モーリーさんは楽しそうに言う。

学芸員としては乱雑な保存の仕方に目をむいてしまうが、泥棒がもし入っても捜すのに時間を要するだろうし、保存状態が悪いわけではない。

埃ひとつないので、丁寧に掃除をしているのがわかる。

「素晴らしいですね。時間もないのでさっそく観させていただきます」

「写真を撮ってもかまわないわ」

「本当ですか！　最高です。ありがとうございます！」

太っ腹なモーリーさんに笑みを深めて頭を下げると、彼女は部屋を出ていき、氷室さんとふたりだけになる。

「こんなにあるなんて、すごいですね」

「もしかしたらアンドレア・マニュアルの初期の作品もあるかもしれないな」

「え？」

「彼女はアンドレアの子孫なんだ」

超有名画家の子孫に会えるなんて……。

「そうだったんですね。期待大です」

「俺は向こうから」

「私はここから始めますね」

私たちはふた手に分かれて、アンドレアの作品を探しつつ、一つひとつ額に入った絵を観ていく。惹かれた作品はスマホで写真を撮らせてもらいながら。

私が知らない画家たちの絵にも興味があるが、ここにいられるのは一時間ほどしかないから、目的に集中するしかないのが残念だ。

向こう側で氷室さんが丁寧に捜してくれている。

一列目は空振りに終わり、真ん中の台にある絵画を端と端で観ていく。

ここは……。

真ん中の列はほとんどアンドレアのサインが入っている絵画だった。

「すごいわ！　氷室さん、これ全部アンドレアの絵です。そっちはどうですか？」

「こっちもそうだ」

花の絵が多いが、人物や建物も一緒に描かれているものもある。まったく観たことがないので、世に出ていない作品のようだ。

じっくり、ゆっくり観たいが、腕時計で時間を確認すると残り二十分。

アンドレアの作品もとくに惹かれた絵を厳選して写真に収める。

そうこうしているうちに、見惚れて写真を撮ったりしている私よりも氷室さんの方がサクサク確認して、近づいてきている。

そして最後の一枚になったとき、氷室さんの手が止まる。

「真壁さん、どうぞ」

おそらくこれが〝陽だまりの中のライラック〟のはず。モーリーさんがこの部屋にあると言ったのだから。

「……はい」

心臓を暴れさせながら、最後の額縁に手を掛けて引き出した。

「あ！」

淡いパープルのライラックの花と、空から差し込む陽の美しいコントラストに息をのむと同時に、額縁を持つ手が震えてくる。

「氷室さん！　なんて素敵なんでしょう」

彼が私の隣に立ち、体を屈める。絵を覗き込むように観ているので顔が近いが、アンドレアの作品に夢中でそんなことは気にならない。

「疲れるだろう。そっちのデスクの上に置こうか」

手が震えているのがわかったのかもしれない。氷室さんは絵画を持ち上げて、なにも置かれていないマホガニー材の艶のあるアンティークデスクの上に置いてくれた。

「素晴らしいです……」

ため息しか出てこない。

そこへノックの後、モーリーさんがお茶を運んできてくれた。

「見つけたのね」

いたずらっ子のような笑みを浮かべる彼女に「はい！」と答える。

「ひと休みして。紅茶を飲みましょう。クッキーも焼いたばかりよ」

アンティークデスクのすぐ近くにある丸テーブルの上に、ティーポットとカップ、おいしそうなクッキーの皿を置く。

「どうぞ、喉が渇いたでしょう。召し上がって」

モーリーさんに勧められ、うしろ髪を引かれる思いで椅子に腰を下ろす。

「いただきます」

ミルクティーをひと口飲んで、どれだけ喉が渇いていたか気づく。

氷室さんとモーリーさんは彼のご両親の話をしている。

彼も私のように、美術愛好家の両親がいたから好きになったのかもしれない。

「こんなにかわいい恋人がいたら、ご両親はひと安心ね」

モーリーさんは私に顔を向け、ギョッとなる。

「私は――」

「そうですね。きっと安心してくれることでしょう」

氷室さんは私の言葉を遮り、モーリーさんにフランス語で言ってから、「後で話す」と日本語で言った。

誤解させた方がいいのならと、押し黙る。

そのとき、柱時計が「ボーン、ボーン、ボーン」と三回鳴った。

もう十五時……。

氷室さんは夜帰国なので、今から戻っても十七時を回ってしまう。

「時間ですね。氷室さん、帰りましょう」

「もういいのか？　まだ少しなら問題ないよ」

「でも、いつまで経っても観ていたい気持ちはなくならないと思うんです。写真も撮りましたし」

「モーリー。名残惜しいですが、今夜のフライトなので、これで」

氷室さんが椅子からすっくと立ち上がり、私も腰を上げた。

「まあ、あまり時間がなかったのね。ごめんなさい。アンドレアの作品だけ出しておけばよかったわ。マドモアゼル、よかったらまた観に来てね」

「また来ていいのですか？」

帰国までに来ることができれば、もう一度観られる。

「ええ。セイヤ、連絡先を教えてあげて」

「そうしましょう」

「マダム、今日はありがとうございました。〝陽だまりの中のライラック〟をじかに観られて感動しました」

お礼を告げて玄関を出ると、雨が降っていた。

「あら、いつの間に。今日はこれからたくさん降るって言ってたわ。セイヤ、運転に気をつけて」

「はい。では失礼します」

「マダム、ありがとうございました」

氷室さんとともに門の外にある車まで駆けて乗り込み、エンジンがかけられる。走り出して五分ほど経つと、大粒の雨がフロントガラスを打ち始めた。

「本降りになってきたな」

「はい。運転すみません。氷室さん、今日は最高でした。案内してくださり感謝しています。至福の時間でした」

「さっきは話を遮ってすまなかった。一度しか会っていない人を紹介すれば、モーリーは嫌な気持ちになると思ったんだ」

ワイパーが動いてもすぐフロントガラスに水滴がつくくらい降っている。

「いいえ。私の考えが至りませんでした。そうですよね。昨日会ったばっかりだって言ったら、OKが出なかったと思います」

それなのに、氷室さんは付き合ってくれた。優しい人なのだ。切れ長の目はいっけん冷たそうに見えるけれど。

ランチをした村を通り十分ほど走ったところで、空がピカッと光った。そして数秒後ものすごい雷鳴が聞こえて、思わずビクッと肩を揺らす。

「雷……」

「車の中だから心配いらないよ」

「……はい」

再びまぶしいほどの稲妻が真っ暗な空に走り、今までに聞いたことのない雷鳴の直後、ドーンと大きな地響きがした。

「きゃあっ！」

思わず耳を塞ぐ。

「大丈夫か？」

「び、びっくりしただけです」

「すごい音だから、どこかに落ちたかもしれないな」

まだ十五時三十分なのに、空は真っ暗で夜みたいだ。その間も雷はひどい。

「こんな天候になるなんて……」

早く戻らなければならないのに、打ちつける雨と暗さでスピードが出せない。

フライトの時間が差し迫っている状況だ。普通ならばイライラしてしまいそうだけれど、氷室さんはそういったそぶりは見せず、むしろ私を気遣ってくれている。

少し走ると、前からやって来た車がライトを点滅させて、なにやら合図をしているみたいだ。

そのまま進んだ車はすれ違いざまに止まり、運転している年配の女性が先を示し、両腕でバツとジェスチャーをしてなにか言っているので氷室さんが窓を開ける。

「どうかしましたか？」

「この先はさっきの雷が落ちて木が道路を塞いでいるわ。今日は通れないわよ」

雨が吹き込むのを最小限にするためか、女性はかなりの早口だ。私たちに知らせると、すぐに窓を閉めて走り去った。

「木が……？　今日は通れない？」

氷室さんの復唱した言葉に、心臓が止まりそうなほど驚く。

「どうしよう……」

「とりあえず行ってみよう」

氷室さんは車を発進させた。

まだ雷は近いようで、激しい雷鳴だ。

少し走ると、先ほどの女性が言った通り、舗装されていない道に大きな樹木が倒れていた。

これでは帰れない。氷室さんは今夜のフライトなのに。

「氷室さん、ごめんなさいっ、フライトに間に合わない……私がどかしてきます！」

なんとか動かせられれば通れるかもしれない。その思いでシートベルトを外しドアの取っ手に触れたとき、私の体が引き戻される。

「無茶を言うなよ。俺にだってあの木は動かせない。ふたりでも無理だよ。それに雷が危険だ」

「でもっ！　フライトに間に合わないです」

「フライトの件は後で考えるから、今は引き返すしかない」

帰るにはこの道を通らなければならず、木を排除しなければパリには戻れない。

「ごめんなさい！　取り返しのつかないことを……」

「取り返しのつかないことなんてないから安心して。今日は帰れないから、宿を探さないと。ランチをしたビストロがあるのはホテルだったな。そこへ行こう」

大変な思いをしているのは氷室さんの方なのに、パニックに陥りそうになる私と違って彼は至極冷静だ。

「真壁さん、本当に大丈夫だから。こうなったのは君のせいじゃない。俺が誘ったんだから。ほら、シートベルトして」

向けられた笑みが驚いたように大きくなり、ポケットからハンカチを手にし、私の頬にあてた。

「泣かないで。君の気持ちはわかっているから」

「氷室さん……」

こんなふうにされて、彼に惹かれない人はいないだろう。

彼の優しさに胸を突かれ、ハンカチを持たされると、突として覆いかぶさるように腕が窓の方に伸ばされ、ドクッと心臓が跳ねる。

目的はシートベルトで、氷室さんが冷静に装着してくれた。

「……ありがとうございます」

ドクドク鼓動の音が激しくて、うつむく。

こんなときに心臓を高鳴らせている場合じゃないわ。

氷室さんはバックミラーで後方を確認し、車をUターンできる広さのところまで出て、もと来た道を引き返す。

「あのホテルにお部屋があるか確認します」

「ああ。頼む」

スマホを出して検索し電話をかけると、部屋はふた部屋あるとのことで安堵して予約をした。

「氷室さん、ふた部屋大丈夫だそうです」

「わかった。ありがとう」

彼は土砂降りの中、慎重に運転をして、二十分後ホテルに到着した。

エントランスに入ってすぐ、駆け込んだ私たちはで水滴をハンカチで拭い、小さなフロントカウンターの前へ進む。

そこに四十代くらいだろうか、女性がいる。

「ボンジュール、先ほど予約したマカベです」

「雷もすごいし、ひどい降り方ね。こちらに記入して」

一枚の紙とボールペンを渡されるが、雨に濡れたせいか震えが止まらない。

「俺が書こう」

氷室さんがパリの滞在ホテルやスマホの番号などを書き、私が口頭で住所などを教えて記入してくれる。

「じゃあ、鍵はこれね」

そう言って差し出された鍵はひとつで、目を疑い慌てて口を開く。

「先ほどふた部屋取ったはずですが？」

「そうなんだけどねぇ、急遽一組が入っちゃったのよ。困っているときは助けないと」

困っているときはお互いさま……。たしかに、この雷雨に通行止め。仕方ないと言えばそうだけれど、氷室さんと同室……。

困惑して彼へ顔を向ける。

「真壁さん、状況が状況だから仕方ない。君の身の安全は保障する」

「そ、そんなことは考えていないです。私が氷室さんに申し訳なくて……」

「ひと部屋使えるだけでもありがたい。マダム、わかりました」

氷室さんはカウンターの女性に了承し、鍵を受け取り私に渡す。

「本当に災難だったわね。木の撤去には数日かかるかもしれないわ」

それを聞いた私は息をのむけれど、氷室さんは軽くうなずいただけだ。

「先に二〇三号室に入っていて。俺は電話をかけるから」

社長さんに電話をかけて事情を説明するのだ。帰国はどうなってしまうのだろう。

「はい。では」

カウンターの先に階段があり、二階へ上がり部屋を見つけて中へ入った。氷室さんが入室できるように補助鍵で閉まらないようにした。

今日帰国できなくなった氷室さんにどう償ったらいいのだろう……。

鍵をテーブルの上に置き、力なくひとり掛けのソファ椅子にポスンと座り室内を見やる。

「ええっ！」

ダブルベッドがひとつしかなくて、驚きで叫んでしまった。

ますます氷室さんに申し訳が立たない……。

混乱と当惑で、両手を顔にあててうつむく。

「こんなことって……」

せめて座っているソファ椅子がふたり掛けだったら、私はそっちで就寝するのに。

そのとき、窓ガラスの向こうにピカッと稲妻が走り、大きな雷鳴がして、思わず
「きゃあっ！」と悲鳴が漏れる。

「真壁さん！」

氷室さんが足早に部屋へと入ってくる。

「ご、ごめんなさい。雷は昔から苦手で」

「今のはひどいから仕方ないよ。カフェラテを入れてもらった。飲めば少し落ち着くと思う」

テーブルにふたつのカップがのったトレイが置かれた。

ひとつはブラックコーヒーみたいで、クリーミーな泡がたったカフェラテが私の前

にずらされた。

「ありがとうございます。あの、ベッドが……」

対面に腰を下ろし、脚を組んだ氷室さんはベッドへ視線を向ける。

「ふたりで使うしかないな。ほかに眠れる場所もないし。真壁さんに嫌な思いはさせないから安心してほしい」

「そんなことは思っていないです。あなたに申し訳なくて、穴があったら入りたい気持ちに襲われています。〝陽だまりの中のライラック〟の所有者のもとへ行こうなんて考えなければ氷室さんにこんな迷惑かけなくて済んだのに……本当にごめんなさい」

「災難に遭ったが、それは君のせいじゃないと言っただろう？　俺が連れていきたかったんだ。もう気にしないでほしい」

「社長さんはなんと……？　フライトはどうなったのでしょうか？」

「プライベートジェットだから、変更してもらった。社長は……気をつけて帰ってきなさいと」

プライベートジェットだったなんて。驚きを隠せないが、それよりも『社長は……』で少し間が空いたのが気になる。

「叱られたのではないですか？」

「いや、そんなことはない。ほら、もう気にしないでいいから。カフェラテを飲んで」

氷室さんはカップを手にして口へ運ぶ。

「……はい」

ひと口飲むと、温かさと甘みが喉もとを通っていき、ホッとする味だった。でも、罪悪感による胸の痛みは少しも減らない。

彼は腕時計に視線を落とす。

「十六時三十五分か。後で下に食べに行こう。ランチもおいしかったからディナーも期待大だな」

「はい」

「さっきから『はい』しか言っていないな」

彼は脚を組み変えて少しこちらの方に身を傾ける。

「氷室さん……」

「落ち込む必要はないんだ。それとも疲れた？　少し昼寝する？」

「優しいんですね」

どんどん氷室さんに惹かれていっている。

こんなときなのに……ううん、こんなときだからこそ性格があらわになるものだ。

彼が本当に優しい人だとわかるから、心が引き寄せられてしまう。

「非常事態の際に怒りを見せる男がいたとしたら、肝っ玉の小さいやつだ。これは天災だろう？　君もパリへ帰ることができなくなったんだから。ほら、笑って」

ふいに伸ばされた指が私の頬に触れて、軽くつままれ、大きく鼓動が跳ねた。

熱が顔に集中してくるのをごまかすように、笑顔を向ける。

「私は仕事を休むだけで済むので、氷室さんの方が何十倍、ううん。比較にならないくらいの損害を受けました」

「こういうときのために保険があるんだから。損害は数件の商談を延期するくらいだ」

「そんな保険があるのですか？」

よくわからないが、それがあるから彼はどんと構えていられるのかもしれない。

「まあね」

「本当に社長さんに申し訳ないことをしてしまいました」

おもしろいことを口にしたわけじゃないのに、氷室さんは破顔する。

「わかってくれているから心配いらない。俺がいないと困るくらいだから」

「信頼されているんですね」

「ああ。で、昼寝する？」

茶目っ気たっぷりな彼の言動にはリラックス効果があるのかもしれない。徐々に緊張感がほぐれてきた。氷室さんの優しさで、罪悪感がなくなるわけではないが。

「クスッ。氷室さんが運転でお疲れなんですね。どうぞ横になってください」

「俺は十分も寝れば復活する。一緒に横になろう。絶対に手を出さないと誓う」

一緒に横になろう……。

その言葉にドキッと心臓が跳ねる。

そんな私の戸惑いなんて気にせずに、氷室さんはソファ椅子から立ってダブルサイズのベッドへ行き、布団の上から左側に横になる。

「私はこれを飲んだら少し休ませていただきます」

カフェラテがまだカップに半分ほど残っているのを理由に、その場にとどまった。

ふと瞼を開けて、ハッとなる。

あ……カフェラテを飲んだ後、疲れを感じてベッドに行き横になったら、寝てしまったのだ。

眠りに落ちる前、目をつむる氷室さんの整った横顔を見て、寝顔も美しいなと思ったのを覚えている。

隣で寝ていた氷室さんはいなかった。

どこへ……？

雷は収まったようだ。

ベッドから降り、窓に近づく。さっきまで暗かった空がすっかり明るくなっている。

「雨もやんでる」

スマホで時刻を確認すると、十八時を回っていた。

二時間近く昼寝をしてしまった。氷室さんは『十分も寝れば』と言っていたから、あの後ずっと起きていた？

寝顔を見られてしまい、恥ずかしい。

今夜ここに泊まるわけなので、歯ブラシセットが置いてあるのか洗面所へ行き確認するがなにもなかった。

こういった小さなホテルでは、アメニティグッズが置いてある方が珍しいと聞いている。

近くに日用品を売るお店があればいいけど……。行ってこよう。

洗面所を出たところで、ドアが開いて氷室さんが姿を見せた。膨らんだビニール袋を手にしている。

「起きていた？」

「少し前に」

「天気が回復したから買い物に行ってたんだ。ないと不便だろう？」

テーブルの上にビニール袋から歯ブラシセットや洗面用具を出す。歯磨き粉はごく普通の大きさだ。洗顔フォームもある。

「トラベルサイズはなかったから」

氷室さんが苦笑いを浮かべる。

「ありがとうございます。たった今、洗面所で歯ブラシがないことに気づいて、どうしようと思っていたところだったんです。お支払いさせてください」

「いいから。たいした金額じゃない。それよりもおなかが空いたんじゃないか？　食事に行こう」

ドアの方に促され、うしろにいる氷室さんを振り返る。

「でも……」

「東京に戻ったら、お礼をしてくれればいいよ」

そうするしかなさそうで、「はい」とうなずいた。

ネギの白い部分を蒸してフレンチドレッシングをかけたポワロー・ヴィネグレット

を前菜に、メインの塩豚とレンズ豆の煮込みは、ランチと同じく絶品だった。

赤ワインを飲みながら、氷室さんもおいしいと言って食べている。

私もそれほど強いわけではないが、料理とともにグラスのお酒が減っていく。

「氷室さん、ありがとうございました」

「突然どうした？」

酔いが心地よくて、どうしても気持ちを伝えたくなった。

「今日のうちにお礼を言いたくて。私は本当に楽しかったし、モーリーさんのご自宅にいるとき、最高の時間でした。でも氷室さんは踏んだり蹴ったりで。よかったと思えるのは、ここのお料理くらいでしょうか？」

グラスに口をつけていた氷室さんは、テーブルに置く。

「そんなことはないよ。作品を大事に観る人を連れてこられてよかったと思っている。樹木に通せんぼされることもこの先きっとないかもしれないから、貴重な体験だ。たしかにここの料理は絶品で得した気分だよ」

「氷室さんは優しいです。それにポジティブな考えの持ち主で。戻ったら社長さんに怒られるかもしれないのに」

「真壁さんは……いや、困難をともにしたのに、名字で呼ぶよりも名前の方がふさわしいと思わないか？」

　酔いもあって「そうですね」とうなずく。

「澪里って、呼んでください」

「聖也と。で、澪里は？　さっき言ったのは本心？」

　こんなことがあって聖也さんには申し訳ないが、本当に価値のある時間だと思う。

「本心です。優しくしてくださっていることに感謝しかありません」

　彼は麗しく笑みを浮かべ、「もう一度乾杯しよう」とグラスを掲げる。

　私もグラスを手にする。

「頼りにならないかもしれませんが、聖也さんが困っているときにはなんなりと言ってください。できる限りのことをしますから」

「……わかった。そのときにはお願いするよ」

「はいっ」

　乾杯して、芳醇なぶどうの香りを楽しみながら口をつけた。

　部屋に戻り、聖也さんが買ってきてくれた歯ブラシで歯磨きをして洗顔フォームで顔を洗う。もともと軽くメイクしていただけなので、ほとんど落ちていたがスッキリした。

持ってきているメイクポーチの中に乾燥をしないようにするスプレーがあり、それをふきかける。

夕食にゆっくり時間をかけたのに、まだ二十二時前。

ふたりきりの夜に緊張してきた。

さっきは寝顔まで見せてしまったのに。

洗面所を出ると、氷室さんはソファ椅子に座ってスマホをいじっていた。

「お先に洗面所使わせていただきました」

「ん？　ああ」

スマホをテーブルに置いて洗面所へ消える。

ベッドの端に座って、スマホで今日撮らせてもらった絵画を観ているうちに氷室さんが戻ってきた。

彼もスマホを手にベッドへやって来て、体を横たえる。

「まだ眠れない？」

「さっき眠ってしまったので。今日撮らせていただいた絵を観ていました。聖也さんが気になった絵はありますか？」

私も横になって、隣の彼にスマホを渡す。

お互いもちろん服を着たままだけど、ダブルベッドは肩が触れそうなくらいの距離で意識してしまう。

写真が撮れたのは二十点ほどで、大部分がアンドレアの作品だ。

「そうだな……」

聖也さんは写真をスライドしていき、手を止める。

「この花の青紫の色が素敵だな」

「アイリスですね。この作品のアイリスのお花畑は多様な青があって目を引かれます」

「アイリスか。これは日の目を見ていないが、発表したらかなりの話題になるだろう」

スマホが戻される。

「そう思います。未発表のものはどれもそうなると。でもモーリーさんはきっとお嫌なのでしょう。今までほとんど世に出すことなく保管されていたので」

「たぶん。かなりの金もうけができるが、モーリーにとってそれは問題じゃない」

「そうですよね……」

美術館のイベントで〝陽だまりの中のライラック〟は話題を呼ぶはず。そうなれば、起死回生になるかもしれない。でも、モーリーさんはお金もうけのために所有をしているんじゃない。

「どうかした？」

「じつは、東京の美術館の企画で有名な名画を展示させてもらう交渉中なんです。でも、なかなか……。そこで〝陽だまりの中のライラック〟を貸していただけたらと思ったんです」

「なるほど」

聖也さんの表情は否定的ではなく、憂慮しているみたいだ。

「聖也さんにご迷惑をおかけしてしまいますね。忘れてください。すみません、欲をかいてしまって。厚かましくてごめんなさいっ」

「いや、俺から頼もうか？」

彼の答えは予想外で、一瞬キョトンとなる。

「え？　だ、だめです。そう言ってくださるのなら、私が後でモーリーさんにお願いしてもいいってことでしょうか？」

「それはかまわないよ。だが、返事は……」

「だめもとで頼んでみます」

「わかった。ま、俺が頼んでもだめなものはだめだから」

もしかしたら……があるかもしれない。

いちおう上田主任に確認してからでなければ、モーリーさんに話はできない。

しばらく美術品の話をしていたが、いつまでも聖也さんに付き合ってもらうわけにはいかない。

「……眠くなってきました」

「眠ろう。おやすみ」

「おやすみなさい」

私側にあるランプの明かりを一番小さくして目を閉じる。

シーンと静まり返って、呼吸さえも聖也さんの耳に届きそうだ。それどころか鼓動までもわかってしまうのではないか。

寝なきゃ……。

ベッドは古く、寝返りを打つと軋む。それも気になって、仰向けで目を閉じて眠る努力をしながら、帰国後の聖也さんのお礼のプレゼントを考えた。

いい香り……。森の中にいるようなウッディ系だわ。

もっといい香りに近づこうとしたとき、意識が浮上してパチッと目を開けた。

アッシュグレーの薄手のニットが目に飛び込んでくる。

あ！

ビクッと肩を震わせるが、まだ聖也さんは眠っている様子ですぐに離れられない。ほかにも骨盤の辺りに彼の手が置かれている。

どうしよう……。

ドクドク、ドクドクと鼓動が早鐘を打ち、もう限界で起き上がろうと思ったとき、聖也さんが寝返りをして私から離れた。

ホッと胸をなで下ろし、少し体をずらした。

私が近づいちゃったんだ。

聖也さんが寝返りを打ってくれてよかった。まるで恋人同士みたいな格好で目を覚ましたら気まずい思いになるだろう。

四、彼女を手に入れたい（聖也Side）

レシュロル城を出てすぐ、佐野さんに車内で待つようメッセージを送り、真壁さんを駐車場まで送る。

ランチボックスをうれしそうに抱える彼女がかわいらしい。

美術品を愛でる彼女は聡明な大人の様相だが、今はまるで少女のように無邪気だ。

彼女がまったく食事を取らずに美術品に夢中で、それをレシュロル候に話すとランチボックスを作ってくれることになったのだ。

レシュロル候も、参加者の中で真壁さんが一番美術品を楽しんでいることに気づいていた。

「セイヤ、知り合いなのか？」

「いえ、ここで知り合ったんです。彼女は日本の美術館の学芸員で、パリの美術館に出向しているそうですが、飲食を忘れるくらい没頭している女性は珍しいですね」

「その口ぶりでは、気に入ったんだな」

レシュロル候は確信を得たように口もとを緩ませる。

「ですね。彼女のような女性は初めてです」

「素晴らしく美男子のセイヤがそばにいるのに、興味を持たないのもおもしろい」

「彼女、佐野さんのことを社長と呼ぶんですよ。俺よりも佐野さんの方が社長の風格があるようです」

「それは見る目がないのではないか？」

レシュロル候は肩をすくめて顔をしかめる。

「いいえ。新鮮なんです。ルックスや財産目あてで近づく女性にはうんざりですから」

「なるほど。いや、わかるよ。私も彼女と話をしたい」

「レシュロル候と話ができれば、彼女も光栄だと思います。ですが、俺と知り合いだということは伏せてください」

「わかっている」

レシュロル候は悪戯を企む子どものような目つきになった。

真壁さんと明日の約束をし、車が走り出すのを見送ってから佐野さんのもとへ向かうと、ホワイトパールの車の外で待っていた。

「おかえりなさいませ」

「車内で待機と」

「いえいえ。どうぞ」

運転席を開けて俺に促す。

日本にいるときは専属運転手がいるが、運転が好きなので海外では俺に任せてもらっている。

このSUV車は日本から取り寄せ、グループのホテルに置いている。

運転席に腰を下ろす前に、ジャケットを脱ぐとすぐに佐野さんが引き取る。俺は蝶ネクタイをはずしながら着座した。

佐野さんは後部座席にあるハンガーにジャケットをかけて取っ手につるしてから、助手席に来る。

エンジンをかけゆっくり走り始めると、佐野さんが口を開く。

「聖也様はああいった女性がお好みだったんですね」

「そうかもしれない。明日は商談後、マダム・エバンスの自宅へ行ってくる」

そう言った瞬間、佐野さんが「ええっ！」と驚いて俺の方へ顔を向けた。

「なぜ驚く？　離陸が二十一時なのは把握している。充分に帰ってこられる」

「そ、そうですが、合計五時間ほどの運転はさすがに疲れます。帰国した足で、野本《のもと》様のパーティーですよ」

「飛行機の中で眠ればいいだろう?」

「それはそうですが……」

その理由はとくに重要ではない。要は知り合ったばかりの女性と出かけることが心配なのだろう。

俺はもう三十四だ。女性関係にとやかく言われる年齢でもないだろうに。

佐野さんの憂慮がおかしくて、思わずフッと顔を緩ませた。

翌日、商談を済ませ、真壁さんが働く美術館の前へと車をつけた。

何度か足を運んだことのある美術館だった。

彼女がやって来て、車に乗ってもらい走り出す。

ここでも真壁さんは車を出すことや、俺を付き合わせて社長に申し訳ないと憂慮していた。

車で会話も弾み、より彼女に惹かれていった。

二年ぶりに会うモーリーは変わらず茶目っ気のあるマダムだった。時間がないことを話していなかったせいで、二百点はある絵画の中から俺たちは〝陽だまりの中のライラック〟を捜すことになったが、面倒な作業も予想外に楽しかった。

真壁さんへ時折視線を向けたが、引き出した絵画を名残惜しそうに見ながら首を振りつつ、目的のものを捜している姿がかわいらしかった。大人の女性にその言葉はふさわしくないかもしれないが。


モーリーの家を出るときはそれほど降っていなかった雨は、少し走ると豪雨になった。おまけに雷鳴だ。

道路は舗装されておらずぬかるみ、オフロードに強いSUV車でよかった。

雷雲は上空近辺らしく、ものすごい雷鳴の後、ドーンと地響きがした。

息をひそめるようにして怯えていた真壁さんは悲鳴をあげる。

雨もまずいな……ワイパーが効かない。

そう思った矢先、前方から車がやって来て、この先の樹木に雷が落ちて道路を塞いだと教えてくれる。

夜に帰国ができなくなり、真壁さんは申し訳なかったと平謝りでかわいそうだった。

どうにかして安心させてやりたい。

俺たちはランチをしたホテルに泊まるしかなく、来た道を戻る。

チェックインの際、ひと部屋に変更されていて、彼女の身の安全を保障して同じ部屋で眠ることになった。

彼女を部屋に行かせ、フロントの女性にコーヒーとカフェラテを頼んでから、小さなロビーの隅で佐野さんに電話をかける。

《佐野です》

「佐野さん、今夜の離陸のキャンセルを頼みます。道路に大木が横倒しで、パリに戻れない」

《ええっ！　聖也様は大丈夫でしたか？》

佐野さんが息をのむのがわかった。

「ああ。数キロ先で雷が落ちたのが幸いだった。通っている最中だったら危なかったかもしれない」

《幸いでした。わかりました》

「位置情報を送るから、大木の撤去作業をするよう機関に頼んでほしい。二の足を踏むようであればレシュロル候に相談してくれ」

外国では作業はのんびりめで、うかうかしていると明日中に戻れなくなる。

《そうしましょう》

「野本のじいさんへはメッセージを打っておく」

野本のじいさんは経済界の重鎮で、俺の父を息子のように思いいろいろとよくしてくれていたと聞く。俺にとっては祖父のような存在だ。

彼の誕生日が十月のため、毎年敬老の日にパーティーを開いており、参加が恒例だった。

《欠席で野本様はがっかりしますね》

「どうせ女性を紹介されるだけだ」

今まで何人の女性を紹介されたことか。

「じゃあ、スケジュール調整もよろしくお願いします」

《滞りなく済ませます。では、気をつけてお戻りください。撤去作業の方の情報が入りましたらメッセージで送ります》

通話を終わらせたとき頼んだ飲み物ができあがり、受け取ると二階へ上がった。

彼女を少し休ませるつもりでベッドに横になろうと言ったが、カフェラテを飲み終えたらと口にした。

戸惑っているのが充分わかり、先に横になり目を閉じる。

そのまま眠ってしまい目を覚ましたとき、真壁さんの寝顔が視界に入った。

静かな彼女の寝顔に俺の胸は高鳴り、つい見入る。

俺は気を許した相手でなければ一緒のときに眠らないのに、二度しか会っていない彼女の前で無防備に寝てしまった。

やはり俺はすでに彼女に心を……。

真壁さんへの気持ちを認識すると、手を伸ばして触れたくなる。

だめだ。彼女からの信頼を裏切るわけにはいかず、気持ちを押し殺す。

彼女が目を覚ますまで寝顔を眺めていたい気持ちだった。いや、見ていたら触れたくなる。

古いベッドが軋んで起こさないよう、静かに上体を起こして床に脚をつけた。

窓へ視線を動かすと、外が明るくなっていた。

やんだか……。

洗面所へ行き、アメニティが置いていないのを確認して外へ出た。

夕食は昼食同様、満足のいくものだった。

なかなか味わうことのできない地元の食材を使った料理と赤ワインで、スケジュールは大幅に変更にはなったが、この機会を持てたことを神に感謝したいくらいだ。

とはいえ、彼女にも仕事がある。いつまでもここにはいられない。

佐野さんからメッセージをもらってあり、明日の午前中に撤去を終わらせるとのことだった。

名字で呼び合うのは隔たりがあるような気がして、お互い名前で呼ぼうと提案した。

彼女の口から〝聖也さん〟と呼ばれるのは心地よかった。

食事後、部屋に戻った澪里からは緊張がうかがえた。

日中と夜では違うからな。

モーリーの家で撮った絵画を観て、気持ちを落ち着かせているみたいだ。

彼女は東京の美術館のイベントで〝陽だまりの中のライラック〟を貸し出してもらえないか、モーリーに聞いてみてもいいかと尋ねる。

紹介した俺に迷惑をかけるわけにはいかないと考えているようだ。

「かまわない」と返事をすると、澪里はうれしそうに笑みを漏らした。

ダブルベッドは狭く、肩と肩が触れ合いそうな至近距離に意識しないわけはなかったが、彼女の信頼を得るためには手を出してはいけないと戒めた。

寝返りを打つたび軋むベッドは到底寝心地がいいものではなかったが、寝たフリをしてから少しして澪里から小さな寝息が聞こえてきた。

抱き寄せたいのを耐えているうちに眠りに落ちたが、明け方人の温かさに目を覚ます。寝返りを打った澪里が俺にピタッとくっついていた。

はぁ……俺がありったけの自制心をかき集めているというのに。

今だけ……と、彼女の腰に腕を回した。

そしてキスしたい衝動に逆らえず、彼女の額にそっと唇をあてた。

澪里を腕に抱いて眠れるわけがない。

パリへ戻ったら離れてしまうが、今月末に彼女は帰国する。

そうしたら……。

思案していると、彼女が目を覚ましたのを感じた。目を閉じている俺に澪里の様子はわからないが、腕の中にいることに驚いているだろう。

澪里はジッと固まっている。

動いたら俺を起こしてしまうとでも考えているのかもしれない。何気なく寝返りを打ち彼女から離れると、再び眠りに落ちたようだ。

スマホの目覚ましが鳴って澪里がむくっと起き上がり、まだ横になっている俺と目が合う。

眠たそうなのに、かわいくて純真無垢に見えるなんておかしいだろう。澪里は大人の女性なのに。

「お、おはようございます」

「おはよう」

「……ね、眠れましたか？」

戸惑いがちに尋ねるのは、男と迎える朝に慣れていないからなのか？

「ああ。澪里は？」

「こんなことは初めてなのに、眠れました。けっこう図太い神経なのかなって」

そう言ってはにかむように笑う。

「こんなこと初めて？」

にわかにうれしさが込み上げてくる。いや、澪里に男性経験があろうと関係ない。

「はい。学生時代は学芸員になりたくて勉強ばかりで、大学院ではアシスタントで時間がなく……」

そこで言葉を切ったが、片手を振って口を開く。

「二十八ですから、何人かの男性とデートはしたことあります。でも、趣味が合わなくて」

「俺も、美術品が三度の飯よりも好きな男には会ったことがないな」

「わかるんですね？」

「もちろん、今までの澪里を見ていたらきっとそうだろうな」

そう。わかりすぎるくらいに。一心に絵画に夢中な彼女は、男のアプローチには気づかずに素通りしそうだ。

「聖也さんはすごいです。洞察力が鋭いのですね」

いや、彼女に関してはわかりやすすぎるのだから、洞察力は関係ないな。

彼女は微笑み、ベッドから降りる。

「先に洗面所を使って」

「ありがとうございます。では、お先に使わせていただきます」

澪里が洗面所に消えると、枕の横に置いたスマホを取り出し、緊急のメッセージがないかチェックする。

何件か入っていたが緊急のものはなく、そうこうしているうちに澪里が戻ってきた。

ホテルのビストロで朝食を食べていると、フロントの女性がやって来て、道路を塞いだ大木はお昼までに撤去されると知らされた。

「職場には連絡した？」

「はい。さっき」

「撤去は昼までかかるようだ。それまでなにをしたい？」

「んー、村を散策しかなさそうですね」

コーヒーを運んできたティーンエイジャーくらいの彼を呼び止め、ここ周辺で見所はないか尋ねる。

「そうですね、この辺はとくに……あ、二キロほどのところに牧場があって、牛や羊が放牧してありますよ。それくらいですね」

「ありがとう」

店員は厨房の方へ去っていった。

「二キロか。歩いて三十分くらいだが、暇つぶしに行ってみる？」

「はいっ、行ってみたいです」

「そうしよう」

食事を終わらせ、チェックアウトのためフロントへ向かったが、そこで彼女には先に外へ出てもらう。ブラックカードを使うのを見たら、秘書でないことに気づかれるかもしれない。誤解していたのを知ったら気まずいだろう。

会計を済ませ、澪里の待つ外へ向かった。

「聖也さん、少しは払わせていただけませんか？　なにもかも出してもらって心苦しいです」

俺の顔を見て開口一番、戸惑いの表情を見せる。

「東京でお礼をしてくれるんだろう？　楽しみにしている」

「そ、そんな、楽しみにするほどのことは――」

「大丈夫。行こう」

澪里の言葉を遮って促し、歩き出す。

村の道はわりと水はけがいいが、牧場に近づくにつれて地面はデコボコで水たまりになっている。

道を塞ぐようにある水たまりを飛び越えて振り返る。

「ちょっと自信ないです」

百八十五センチある俺には問題ないものでも、百六十センチくらいの彼女にとってこの水たまりを飛ぶのは厳しいようだ。

「手を貸して」

「無理かもしれません」

「パンプスが濡れたらパリでプレゼントする。ほら」

澪里に向かって手を差し出す。

「濡れたとしてもプレゼントはいりませんからね。聖也さんには借りっぱなしなんですから」

そう言って、差し出した俺の手をギュッと握り、ジャンプした彼女の体が近づいてきた。

無事に地面へと着地したが、ふらつき足もとがおぼつかなくなる。

「きゃっ！」

「澪里！」

彼女の体をグッと引き寄せ、腕の中に閉じ込めるようにして抱きしめる。

これは意図したことではなく、偶然の産物だ。

「ご、ごめんなさい」

慌てた様子で離れた彼女の顔が赤い。

「なかなかいいジャンプだったよ。パンプスを買わなくて済んだ」

軽口を叩くと、澪里は頬を緩ませる。

「最初からいらないって言ってあったじゃないですか」

自然の中、こういった会話を澪里とするのは心地がよかった。

放牧している牛や羊を見てから、村に戻ったところで、佐野さんから撤去が完了したとメッセージが入った。

十時三十分だから、思ったより早かったな。

「木が撤去されたらしい」

「じゃあ、すぐにでも出ましょう。少しでも早く社長さんのもとに戻らなければ」

澪里はまだ責任を感じているようで、急ぎ足になった。

「そんなに急がなくても大丈夫だから」

彼女を追いつつ口を開く。

「だめですよ。一刻も早く帰りましょう」

ホテルが見えてきて、止めてあった車に乗り込んだ。

途中少し道が混んでいたためパリに戻ったのは十三時過ぎで、澪里は俺が早く戻れるように近くのメトロで降ろしてほしいと言ったが、最後まで送り届けると言って彼女の自宅まで車を走らせた。

「聖也さん、今回は本当にありがとうございました。ご迷惑のかけっぱなしで申し訳ありませんでした」

「迷惑なんてかけられていないから。帰れなかったのは天災のせいだし。東京へ戻ったら帰国祝いをしよう」

「はい。連絡させてください」

約束して車を出す。バックミラーに視線を向けると、手を振る澪里が見えた。

五、契約結婚の提案

車が角を曲がるまで手を振って見送ってから、中庭へと歩を進める。

部屋に入りシャワーを浴びて美術館へ行く支度をする。

事情を話して休みをもらっていたが、仕事はたくさんあって残り少ない滞在日数で終わらせられるかの瀬戸際なので、出勤することにした。

メトロに乗って美術館へ向かう。

電車に揺られながら、聖也さんを思い出す。

ホテルに戻ってから社長さんにこっぴどく叱られなかっただろうか……。

聖也さんには時間も金銭的にも負担をかけてしまったわ。

〝陽だまりの中のライラック〟の件は、迷惑をかけないようにしなきゃ。

美術館へ到着し、オフィスに向かう廊下を歩いていると、ジャンヌにばったり会う。

「あら、ミオリ。今日はお休みじゃなかった？」

「そうなんだけど、仕事が山積みで。早く戻ってこられたから来たの」

「本当に仕事が好きなんだから」

そう言ってジャンヌは笑顔になる。

一緒にオフィスへと入り、ちょうどデスクにいた館長に挨拶を済ませ、上田主任へ送る企画書作成を始める。

スマホに収めた〝陽だまりの中のライラック〟の写真データを企画書に添付して日本へメールしたときには、二十時を過ぎていた。

アンドレアの作品の中には、日本の美術愛好家にとどまらず広く有名になった絵画がいくつかあって、それらがきっかけで著名な画家として知られるようになった。

だが、制作物のほとんどがいまだに露出していない。いろいろ見せてもらった絵もとても惹かれるが、題名が有名な〝陽だまりの中のライラック〟であれば、上田主任や堺館長もゴーサインを出すはず。

契約書と賃貸料なども日本から示され、それから交渉に入る。

オファーのパターンはいろいろあって、電話やメールで交渉をしてからなどもある。今回は慎重に交渉をしたいため、書類を作ってからモーリーさんに会いに行こうと考えていた。

その夜、帰宅すると和樹さんから電話があった。
「和樹さん、車ありがとうございました」
《ひとりで大丈夫だった？》
「はい。レシュロル城の美術品は素晴らしかったです。訪れる機会をいただけて、本当にありがとうございました」
《譲ってくれた友人に伝えておくよ》
「和樹さんの都合がよければ車を持っていきます」
《まだドイツなんだよ。車はそのままにしておいていいよ。鍵は郵便受けに入れておいて。明後日の昼間に取りに行ける》
「そうだったんですね。わかりました。郵便受けに入れておきます」
なにからなにまでしてもらったので、車を返しに行きたかったが、まだドイツなら仕方ない。
《もうすぐ帰国だね。寂しくなるよ》
「私もです。東京に来ることがあったら連絡してくださいね」
《そうするよ。じゃあ。おやすみ》
「おやすみなさい」

通話を切ってからスマホを枕もとに置いて、ベッドに横になる。

今日一日があっという間で、牧場で牛を見ていたのが現実だったとは思えないような気分になる。

仕事をしたせいかもね。

上田主任から連絡が入ったのは翌日で、所有者と契約が取れれば今世紀最大の話題になること間違いなしだからぜひオファーするようにと、興奮した様子の文面だった。

いちおう企画書には【所有者は乗り気にならないかもしれません】と記載していたが、【真壁さんなら大丈夫よ】と書かれていた。


モーリーさんにはお邪魔させてもらったお礼とともに、アポイントメントを取った。

彼女の都合に合わせて、土曜日に美術館の車で往復約五時間かけて訪れた。

道中は聖也さんとの会話などを思い出しながら、お礼のプレゼントはなににしようかあれこれ考えていると、行きの長時間の運転もそれほど大変ではなかった。

彼に送ってもらった日の夜、お礼のメッセージを送り、聖也さんからはその翌日に【次は東京で会おう。連絡する】と返信があった。

私ひとりで面会したモーリーさんは、聖也さんと一緒に会ったとき同様親しげな対応をしてくれたが〝陽だまりの中のライラック〟を貸し出すことには難色を示されてしまった。

すぐに返事はもらえないままパリへ戻った。


翌週の月曜日、ジャンヌとランチをしてからオフィスへ戻ると、パソコンにモーリーさんからメールが入っていた。

オファーの返事だと思うと、マウスを持つ手が震える。

右手でマウスをクリックしてメールを開く。

次の瞬間、ガクッと頭と肩を落とした。

「やっぱりだめだったの？」

隣のジャンヌが私の様子に結論づけたみたいだ。

「うん。だめだったわ……。個人所有だからこれ以上ご迷惑をおかけするわけにはいかないわね」

この企画書を提出したのが無謀だった。

もしかしたら……と一縷《いちる》の望みをかけたのだが。

東京の上田主任や堺館長に企画書を出さず、先にモーリーさんに聞けばよかった。

けれどどんな作品であろうと、勝手にそんなことはできない。

「結局、イベントに出すのはそれほど知られていない絵画ばかりになってしまったわ」

上田主任から依頼されていたオファー先からは二作品しか借りられなかった。リストにあったもので、上田主任が好きな肖像画は無事契約を済ませられた。

【〝陽だまりの中のライラック〟は所有者から断りのお返事をいただきました。申し訳ありません】

メールを上田主任へ送る。

所有者から断られることは多々あるので、仕方ないことだ。けれど、気落ちはする。

すると、上田主任からの返信は思いもよらないものだった。

【イベントが成功するかは〝陽だまりの中のライラック〟にかかっているの。もう一度話すのよ】

もう一度……。

私も残念でならないので、あらためて、今度は電話でモーリーさんにお願いした。

だが、やはりよい返事はもらえなかった。

《本当にごめんなさいね。貸し出しはできないけれど、いつでも観に来てね》

「何度も申し訳ありませんでした。機会がありましたら、またお邪魔させてください。

それでは失礼いたします」

通話を切ってから「はぁ……」と重いため息が漏れる。

それから上田主任へ再度断られた旨のメールを打って送った。

時差が七時間あるのですでに東京は夜中だから、確認するのは明日の朝だろう。

しかし翌朝、上田主任からの返信はなかった。企画断念で憂慮していて返事が書けないのか、忙しいのだろう。

もしくはメールが届いていないのか。そんなことは今までになかったけれど、電話をかけることにした。

私の帰国は二十八日で、出勤するのもあと三日だから、案件を綺麗にしておきたかった。

スマホの通話アプリから上田主任にかけるが、なかなか出ない。

切ろうかと思ったとき、《もしもし?》と上田主任の声が聞こえてきた。

「真壁です。お忙しいところ申し訳ありません。昨日メールを送ったのですが、届いていますでしょうか?」

《……ええ。読んだわ。でも、あなたの努力が足りないんじゃない?》

「私の力及ばず……」

《まったく。まだ交渉の余地はあるはずよ。よろしくね》

「え？　もう無理――」

言葉の途中で通話が切れてしまった。

交渉の余地はあるはずって……。上田主任も必死なのかもしれない。

しかしこれ以上モーリーさんに交渉の件で連絡をしたら、聖也さんに迷惑をかけてしまう。

その夜、もう一度無理だったと上田主任にメールを送った。

〝陽だまりの中のライラック〟はあきらめるしかないのだ。

もう一年間パリにいられるのなら、足しげくモーリーさんのお宅に通ってなんとか貸し出してもらえないか話ができるのに……。

出向期間が終わった日、美術館の学芸員たちがレストランで私のためにパーティーを開いてくれた。

「また皆さんに会いに来ます。東京にも遊びに来てください」と、優しかった館長や同僚たちに挨拶して帰宅した。

二年間の出向が終わり、今日の十七時十五分、シャルル・ド・ゴール空港を発つフライトに乗る。

おば様が車で空港に送ってくれた。

「澪里ちゃんが帰っちゃうと、本当に寂しくなるわ」

「おば様のおかげで寂しい思いもすることなく楽しく過ごせました。ありがとうございました。おば様のお料理はおいしくて、大好きな和食も食べられて大満足でした。本当にお世話になりっぱなしで……おじ様にもよろしくお伝えください」

昨晩、ご挨拶しにお宅にお邪魔したが、おじ様はまだ帰宅していなかった。

「お世話だなんて……澪里ちゃんは娘みたいなものだもの。夫も寂しいって言っていたわ。いつでも遊びに来てね」

「はい。必ず」

涙腺が決壊しそうで、目を瞬かせる。

「じゃあね。帰国してもご両親はワシントンでしょう？　ちゃんとバランスのいい食事をするのよ」

父のパリ駐在が終わった後、日本で暮らしていたが、私が大学に入学した直後にワシントンへ異動になり母を帯同している。

それからかれこれ十年、両親とは年に一度会うくらいだ。

「ふふっ、わかりました。じゃあ……おば様、さようなら。気をつけて帰ってくださいね」

「ええ。澪里ちゃんもね」

おば様とハグをして離れると、しんみりしながら手荷物検査場に向かった。

旅客機は定刻通り二十九日の十四時四十五分に、羽田《はねだ》空港に到着した。今日は日曜日だ。

長時間座りっぱなしで立ち上がると体が軋む。

入国審査後、荷物受け取りのターンテーブルからキャリーケースを三個捜し出し、カートにのせて税関審査後、出口に向かう。

「澪里！」

ガラスの扉を出たところで、大学からの友人の中島紗季《なかじまさき》が手を振っている。

「紗季、来てくれてありがとう」

彼女と会うのは二年ぶりだが、頻繁にメッセージのやり取りをしているから久しぶりの感じがしない。

「もちろん来るわよ。メッセージで送った通り、マンスリーマンションも朝行って風を入れておいたわ」

帰国するにあたって、紗季にはお世話になった。

私の両親はワシントンに駐在しており持ち家がないので、紗季に探してもらったマンスリーマンションに住みながら賃貸物件を探すつもりだ。

港区に住んでいる彼女の住まいからも、マンスリーマンションはさほど離れていないらしい。

「車で来ているの。こっちよ」

「ありがとう。三つもあるから助かるわ」

カートを押しながら、立体駐車場へ向かう。その間も話が弾む。

紗季は大手商社の経営戦略室勤務で、彼氏と一年前から同棲している。

「どう？　二年ぶりの東京は」

赤い普通自動車のトランクと後部座席にキャリーケースをしまい、助手席に座ると運転席の紗季がニコッと顔を向ける。

「まだわからないけど、なんかワクワクしてる」

「生活が変わるからね。で、向こうでフランス人の恋人はできなかったの？」

「え？　できるわけないでしょ」

「できるわけないって、かわいいんだから、当然いてもおかしくないわよ」

紗季は愛車をパーキングから出庫して走らせ、高速道路の料金所を通り過ぎる。

「まあ、澪里は美術オタクだから、恋人になる彼も興味がないとね。澪里には付き合ってられないかもね」

「趣味が合うかは大事だと思うの」

ふと、聖也さんを思い出す。彼は美術館を訪れるのが好きだと言っていた。

「たしかに。私と浩司《こうじ》はおいしいものを食べに出歩く趣味が同じだから」

「結婚はしないの？　同棲して一年くらいでしょう？」

「うーん、まだかな。今の生活が気に入っているしね」

話しているうちに車は首都高速道路を下りて港区に入る。

十分後、閑静な住宅街の五階建てのマンションの前に止まった。

「駅まで徒歩十分よ。職場まで徒歩三十分だから、電車に乗らなくても行けそうでしょ」

「三十分なら歩けるわ。ありがとう」

港区なのでマンスリーマンションの賃貸料はそれなりに高い。それでも一番安い物件を探してくれたのだが、一日六千円はかかり、一カ月いたら十八万円を超える。早く住まいを見つけなきゃ。

パリへ行く前に住んでいたワンルームマンションは下北沢《しもきたざわ》だった。人気のエリアにしては家賃がそれほど高くなく、駅からも近くてとても気に入っていたから調べてみたが、現在空き部屋はないという。

車からキャリーケースを降ろし、部屋へ案内してくれる。

三階の部屋で、広さは八畳くらい。カラーボックスとベッド、椅子が一脚と丸テーブルがある。テレビや冷蔵庫などの電化製品は完備されており、キッチンは狭くひと口コンロの仕様だった。

食器類やフライパンなどは向こうで処分してきた。新しく買う方が輸送費をかけるよりも格段に安く済む。

「綺麗で清潔な部屋だわ。ありがとう」

「どこかよさげな賃貸物件を見つけたら知らせるね。じゃあ、これで帰るわ。用事があって。帰国日なのに一緒にいられなくてごめん」

「ううん。忙しくさせちゃって。ありがとう、とても助かった」

玄関で紗季を見送り、キャリーケースのタイヤを拭いて室内へと運び入れる。

この三個のキャリーケースの中身が、私の私物の全部だ。

フランスでほぼ処分してきたが、こうして見ると荷物が少なくて、根なし草のような感覚に襲われる。

早く賃貸物件を見つけて引っ越しをし、日用品などを購入して生活基盤を整えたらそんな気持ちは払拭できるはず。

当面着る服などをキャリーケースから出してクローゼットにしまう。

これはここに。キャリーケースに丁寧にしまっておいた聖也さんへのプレゼントを、カラーボックスの上に置く。

いつ会えるかわからないけれど、気に入ってもらえるといいな。

東京の方がパリより少し暖かく、調べるとこっちの方が夕方以降もまだそれほど寒くなさそうだ。

時計を見たらもう十七時近くになっている。

コンビニが近くにあったから買い物に行ってこようか。

そんなことを考えたとき、テーブルの上に置いていたスマホが鳴った。

紗季がなにか話すことを忘れたのかなとスマホを手にしたところで、画面に出た名前にびっくりする。

聖也さんで、急いで通話をタップする。
「もしもし？　澪里です」
《無事に帰国した？》
メッセージのやり取りは何度かしたが、声を聞くのは家まで送ってもらって以来、電話で話すのは初めてになる。
電話でも落ち着いた声色で素敵だ。
「はい。友達が探してくれたマンスリーマンションに来て荷物を整理したところです」
《帰国したばかりで忙しいと思うが、今夜会えるかな？》
「え？　今夜？って、これから……？」
《そう。夕食を食べよう》
まさか今日会うとは思ってもみなかった。コンビニへ夕食を買いに行こうと思っていたのだ。
東京の最初の夜に、ひとり寂しく食事をせずに済むのはうれしい。
「ありがとうございます。少し寂しいなって思っていたところです」
《よかった。じゃあ、住所を教えてくれる？　迎えに行く》
「待ち合わせで大丈夫ですよ？」

《長時間のフライトで疲れているだろう？　車で行くよ》

優しい言葉をかけられて胸がキュンとなる。

ここでは気にかけてくれる両親やおば様はいない。

「では、お言葉に甘えて」

マンスリーマンションの住所を告げると、今聖也さんのいるところからそれほど離れていないようだ。

《十八時くらいには着けると思う。下に着いたら連絡する》

「わかりました。ありがとうございます」

通話が終わってから、カラーボックスの上に置いた聖也さんへのお礼のプレゼントへ目を向ける。

日曜日に開かれる蚤《のみ》の市でアンティークの箱に目を惹かれ、聖也さんの懐中時計をしまうのに使ってもらえたらと思って購入し、自分でラッピングをした。

その蚤の市は、十五世紀から十八世紀の掘り出し物が出る市として有名で、私が目に留めた箱も表面にライオンを象《かたど》ったカメオが施されており、お店の人はイタリアのものだと言っていた。

彫刻が施された真鍮の箱がとても古いものであるのはわかったが、カメオに少しひびが入っている。しかしこの箱が上質なもので、あの懐中時計にこれ以上合うものはほかになさそうなので購入した。完璧な品物ではないが、この箱を喜んでくれるのではないかと思った。

これを見つけるまで五時間も市場の中を歩き回った。

「いけないいっ、シャワーを浴びて支度しないと」

十三時間ちょっとのフライトで、よれよれ感がある。

シャワールームへ向かい、さっぱりしてから若草色の長袖のワンピースに着替え、軽くメイクをした。

「聖也さん、お迎えありがとうございます」

連絡があって、プレゼントが入れられるバッグでマンションの下へ行くと、車の外で聖也さんが待っていた。紺色のスリーピース姿に目を奪われるが、ハッとなる。

「お仕事だったんです……か？」

「ああ。着替える時間ももったいなくて」

早く会いたくて……みたいに聞こえるのは勘違いよね？

「帰りの時間が遅くなってしまいますもんね。お忙しいのに……誘ってもらえてうれしいです」

聖也さんはフッと笑みを漏らす。

「じゃあ、早く食事に行こう。乗って」

グレードの高いセダンタイプの高級外車だった。助手席のドアを開けて促され、乗り込む。

これは……聖也さんの車じゃ、ないわよね？ さっきまで仕事だったたって言ってたし……。

聖也さんも運転席に腰を下ろし、エンジンをかけると走り出す。

「私が乗ってよかったのでしょうか？」

「どうして？」

「この高級外車は社長さんの車じゃないですか？ 私が乗ったら気を悪くしてしまわないかなと」

聖也さんは一瞬あぜんとなった後、口もとを緩ませる。

「社長は気を悪くしないから安心して」

「わかりました。優しそうな社長さんですが、さすがにフライトを遅らせたのはお怒りになったのではないですか？」

「全然。ただ心配してくれていたよ」

「よかった……気になっていたんです」

もしも叱られていたとしても、彼のような男気のある人は私に言わないのではないだろうか。

「あれは天災で澪里のせいじゃないから。俺は足止めを食らって思いがけなく休暇をもらった気分だった」

「私も。雷は怖かったけど、食事もおいしかったですし、結果いい時間だったと思います」

まだ二週間しか経っていないなんて。もっと前のことのように思える。

「ああ。ところで今日はなにを食べたい気分？　なんでもいいよ」

「……では、和食の気分です。車を社長さんに返してどこか居酒屋みたいなところにしませんか？　今日はごちそうさせてください」

「帰国したばかりの君にごちそうしてもらうなんてできないよ。今日は帰国祝いということにしよう。誘った俺がもちろん持つ」

「でも……」

「俺の懐事情を心配しなくても大丈夫だから。給料はかなりいいんだ」

「懐事情とかでなく……」

「今日は話があって来てもらったことだし、気にしないでくれ。着いたよ」

車は六本木《ろっぽんぎ》にある建物の地下駐車場のスロープを下りていく。

話があって？　なんだろう……もしかしてモーリーさんの件？　聖也さんが紹介したおかげで迷惑だったと連絡がいったのかも。

今は駐車しているので、話は後にして謝ろう。


車から降りた聖也さんが案内してくれたのは、入口に竹林と鹿威《ししおど》しのある京都《きょうと》の料亭のような雰囲気の老舗寿司店だった。

名前だけは知っているが、私なんかがおいそれと食事に来られる寿司屋ではない。

小紋を着た女性に案内されたのは個室だった。六人掛けのテーブルは価値の高い黒檀《こくたん》のように見える。

「俺がオーダーしてもいい？　君は遠慮してしまうと思うから」

「お願いします」

スタッフの女性がお水を運んできたところで、聖也さんはコース料理を頼む。

お酒は「車なので」と彼は断ったが、私には飲んでもかまわないと言う。でも、今日は食事をメインに楽しみたいからと断る。

スタッフが出ていくと、椅子から立ち上がって頭を深く下げる。

「あの、お話はモーリーさんの件ですよね？　ご迷惑をかけてしまったこと、本当に申し訳ありません」

「いきなりどうしたんだ？」

聖也さんは寝耳に水のようにキョトンとなった。

「座って。モーリーの話じゃないよ」

「違う……？　モーリーさんから連絡は？」

席に着いてホッと息をつく。

「ない。なにかあった？　そういえば、貸してもらえたのか？」

聖也さんの問いかけに、首を左右に振る。

「お断りされました。企画書を書いた私の考えが浅はかでした。それでもあきらめられなくて電話でお願いしたのですが、やはりだめで。面倒くさい学芸員を連れてきたと、聖也さんがモーリーさんに責められたのではないかと思ったんです」

「そうだったのか……それくらいで文句を言う人ではないから気にする必要はないよ。借りられずに残念だったな」

「はい。それはもう……。でも貴重な作品をたくさん観せてもらえただけで感謝です」

「俺から頼もうか？」

その言葉には揺れるが、もう上田主任には断ったし、聖也さんにこれ以上迷惑はかけられない。

「それはだめです。この件は一件落着なので」

首を横に振ってから、にっこり笑う。

「そんなふうに言ってもらえてうれしいです。お気持ちだけ」

「わかった」

そこへ先付けの三種盛りが運ばれてきた。

煮物や酢の物、胡麻《ごま》豆腐が美しい小鉢に盛りつけられている。

「食べよう」

「いただきます」

箸を手にして食べ始める。

「酢の物はいつ食べたか覚えていないくらいです」

「パリでは和食は食べなかった？」

そう言って、聖也さんは小鉢の胡麻豆腐を口にする。

「いいえ。同じアパルトマンに住むオーナーが日本人のご夫婦で、ときどき食事に誘っていただけたので。たいてい和食でした」

「日本へ戻ってきて寂しい？」

「パリは大好きなのでやはり寂しいです。オーナー夫婦も優しくて心強かったですし」

パリの街並みを思い出すと戻りたくなる。

思い返すと、レシュロル城でのパーティーは夢のようだった。でも、夢だったら、聖也さんはここにいない。

「ご両親はワシントンにいると言っていたな」

モーリーさんの家へ向かう道中、そういえば車内でそんなことも話していた。

「はい。一年前にパリへ遊びに来て以来、電話やメッセージのやり取りくらいです。二十八なので放任って言葉はふさわしくないですが、昔からそうで、自由にやりたいことをやればいいというスタンスです。あ、でも困っているときはちゃんと手を差し伸べてくれる両親です」

「なかなか日本人としては珍しいタイプかもしれない」

「海外赴任が長いせいでしょう」

旬のお造りに続き、厳選されたネタのお寿司やお吸い物の入った椀が運ばれてくる。

モーリーさんの件じゃなかったら、話ってなんだろう……？

極上のお寿司をいただきながら思案する。

聖也さんの食べ方は、箸の動きなどの所作がとても綺麗だ。ホテルのビストロでも思ったけれど、もしかして彼の生家は裕福なのかも。

ご両親は美術品に精通していて、モーリーさんとも知り合いだったし。

自家製プリンとコーヒーが運ばれた後、彼へのお礼のプレゼントをバッグから出して差し出す。

「これは？」

ブルーの包装紙の小箱を手にした聖也さんは、私へと視線を向ける。

「いろいろお世話になったお礼です。お礼のうちにならないかもしれないですが……」

「礼などいらないと言っていたのに。ありがとう。開けていいか？」

「はい。たいしたものじゃないですよ」

聖也さんは包装紙を剥がして、気泡緩衝材も外す。

「とても美しい……ライオンのカメオか。かなり古いものじゃないか。いいのか？」

長い指先でライオンをなぞる。

その指の動きに、わけもなく鼓動がドクンと跳ねる。

「も、もちろんです。蚤の市で見つけて。懐中時計を入れるのにピッタリじゃないかなと。あ、懐中時計にちゃんとした箱があるのなら、なにか別のものを入れていただけたら。イタリアのものらしいです」

「懐中時計を入れるのにぴったりだ。使わせてもらうよ。ありがとう。帰国前で忙しかっただろうに」

聖也さんの笑顔にホッと安堵する。

「探すのは楽しかったです。これを見つけたときは飛び上がりたいくらいでした。お気づきだと思いますが、カメオにひびが入っているんです」

「喜ぶ君を想像できる。俺もその場にいたかった。ひびくらいなんでもない。そんな品でなければ、なかなか手に入れることができないはずだ」

やはり彼はこういったものに関して詳しい。聖也さんと一緒に蚤の市を歩き回れたら楽しかっただろうな。

「大事にするよ。ところで、俺の話だが」

「はい。なんでしょうか……?」

「じつは、十一月までに結婚しなければならないんだ」

「え?　結婚を?」

結婚というからにはお相手がいたのだ。彼のような男性なら恋人くらいいても不思議じゃない。

容易に想像できたことなのに気持ちが落ちかけて、慌てて笑みをつくる。

「それは、おめでとうございます」

「いや。違うんだ」

聖也さんは困ったように眉根を寄せ、こちらをまっすぐに見つめる。

「澪里、俺と結婚してくれないか？」

「ええっ！　わ、私と？」

びっくりして目を見開き聖也さんを見つめ返すと、彼は肩をすくめてから口を開く。

「ああ。理由があってね。両親が生前から付き合いのある、俺にとって祖父のような人がいるんだが、つねに結婚を心配されて、頻繁に縁談話を持ってくる。愛している人がいると嘘をついてやめるよう頼んでいるが、こりずにセッティングしようとするんだ」

「縁談がひっきりなしに……。縁談などしなくても、聖也さんと結婚したい女性はたくさんいるのではないですか？　特別なお相手も……」

「しばらくそういった相手はいない。仕事に邁進していたらもう三十四になっていてね。なかなか結婚しないことにその人が業《ごう》を煮やしている。もし特別な相手がいるのなら、二カ月後のパーティーのときに紹介するようにと言われたんだ」

聖也さんならビシッとその方に断れば済むのではないかと思うが、祖父のような人だから気を使っているのだろう。

「だからといって、私と結婚だなんて……。私たちは会うのはまだ三回目で、ほとんどお互いのことを知らないのに……」

「俺は君のことをかなり知っていると思う」

聖也さんは聞き上手なので、ドライブ中に自分のことをいろいろ話したのは覚えている。だからって……。

「俺は殺人鬼ではないし、女性に手をあげたこともない」

そんな彼を想像できなくてクスッと笑みを漏らす。

「殺人鬼って、もちろんそんなこと考えていないです」

ホテルでの彼は紳士的だったから、安心して爆睡できたのだ。

「契約結婚ってことでどうだろうか？　ちゃんと報酬は払う。離婚したときに経済的に余裕があった方がいい」

〝契約結婚〟の言葉で、急激に気分が落ちた。愛しているからの結婚であるはずがないのに。

「お返事はすぐには……」

「考えてほしい。返事は今週の土曜日でどうだろうか？　仕事があれば終わった後で。明日からシドニーに出張で、四日の金曜に戻る予定になっている」

「わかりました。そうさせてください」

先週送られてきたシフトを頭の中で確認する。

「土曜日はお休みになっています」

「では、土曜日に。連絡する」

「はい」

聖也さんの出張中、契約結婚の四文字が常に頭から離れなくなりそうだ。

送ってもらって部屋に戻ってきたのは、二十一時を回った頃だった。

聖也さんは明日からシドニー出張だし、日曜日の今日も仕事だったから本当に忙しい人だ。

契約結婚か……。

契約は、いつかは終わる。今でさえ聖也さんに惹かれているのに、別れたくなくなったら……？

思った通り、ずっと聖也さんの提案が頭を占めていて、どうしたらいいのか思案し続け火曜日になった。

『澪里、俺と結婚してくれないか？』

聖也さんが困っているのであれば、手伝ってあげたい気持ちもある。でも、結婚なんて安易な考えで決めてしまってはいけないと思う。

でも……そっか、契約結婚だから、いつか別れるときがくる。

どうしよう……。

契約結婚してあげたい気持ちと、それではだめだという気持ちに交互に襲われて、疲れている。

せめて仕事中は考えないで済むはず。

十月に入り、グレーのスーツの上に薄手のコートを着て、徒歩で職場へ向かった。

東京の美術館へは二年ぶりの出勤になる。

紗季の言った通り、八時少し前に家を出て三十分で着いた。

緑に囲まれた美術館は外壁がグレーの二階建て。横に長い建物の周りには、ベンチに座って鑑賞できるようにいくつもの彫刻が点在している。大理石のものもあれば、ブロンズ像もある。

勤務時間は八時四十五分から十八時まで。

美術館の裏口から二年前に使っていた入館証で入り、オフィスへ歩を進める。

「おはようございます」

セキュリティを解除してドアを開けると、見たことのない黒縁メガネをかけた若い女性と、以前の同僚でひとつ年上の神野《じんの》さんがいた。

ここの美術館はそれほど大きい規模でないので、学芸員は上田主任を除いて三人で、アシスタント含めてスタッフが四人いる。

「真壁さん、おかえりなさい」

学芸員の神野さんが笑顔で出迎えてくれる。

「ただいま。またよろしくお願いします」

「最近めちゃくちゃ忙しかったから、即戦力が戻ってきてくれてうれしいわ。あ、彼女は今年の四月に入った藤岡《ふじおか》さんで、学芸員アシスタントよ」

「藤岡です。よろしくお願いします」

「真壁です。よろしくお願いします」

感じのいい女性で、真面目そうな印象だ。

「真壁さん、とても綺麗になったわね。パリで洗練されたって感じよ」

「そんなことないです。仕事ばかりで、洗練されることなんてなにもなかったですし」

そこへドアが開き、ブルーのワンピースを着た上田主任が笑顔で入ってきた。

「おはよう。あら、真壁さん。今日からだったわね」

ブラウンのセミロングの髪を巻き、メイクも綺麗にしており華やかな女性だ。たしか四十歳前半だと記憶しているが、三十代に見えるほど若々しくていつも身なりに気を使い、美意識の高い人だ。

「上田主任、おはようございます。本日からよろしくお願いいたします」

「よろしくね。パリにいたときみたいにのんびりできないわよ」

ちくっと嫌みを言うのは二年前から変わっていない。パリでの出向の間、窓口担当が上田主任だったので慣れているけれど。私が彼女の学芸員アシスタントだった頃はまだ優しかった。

「仕事は神野さんから聞いて」

「わかりました」

上田主任は自分のデスクに着き、パソコンの電源のスイッチをつけてから隣の給湯室へ入っていく。

「現在進行中の案件やフリーペーパー作成を今週はやるつもりなの。まずは久しぶりだから、作品を見回ってくるといいわ」

「はい。行ってきますね」

美術館のオープンは十時から十七時まで。足早に一階の展示物を見てから二階へ歩を進める。

二カ月前に私がパリで交渉して借りた絵画が飾られている。

たしか、これは……来年早々に返却する作品だったわ。

そこを離れ、ひと回りしてから一階のオフィスへ戻った。


その日の十九時前、コンビニに寄ってお弁当を買ってから帰宅した。

今日から再び職場となった美術館は、大学院生だった頃から学芸員アシスタントとして通っていたところで心地よいはずなのに、パリにいた頃よりワクワク感がない。

堺館長は会議のため神戸《こうべ》へ出張していて、今週は土曜日に出勤とのことで、まだ挨拶はできていない。

夜が長いな……。

今まではそうじゃなかったのに、静まり返った部屋が居心地悪くて、テレビのリモコンを手にする。

テレビをつけていてもスマホの画像を開いて、モーリーさんのお宅で撮った絵画をゆっくり見てスライドしていく。

やっぱり〝陽だまりの中のライラック〟は素敵だわ。

聖也さんと一緒に捜したときのことを思い出す。時間がなかったけれど、一つひとつ手に取っていったからたくさんの絵画を観ることができた。

彼は嫌な顔ひとつせず、それどころか楽しそうだった。

あんな男性には今まで会ったことがない。

契約結婚をしたら一緒に住むことになるだろうし、聖也さんなら美術館巡りもしてくれそうだ。

来年の三月には私は二十九歳になる。

今まで好きな男性が現れなかったのだから、このまま結婚はできないかもしれない。

聖也さんと契約結婚をして、つかの間の結婚生活を送るのだって悪くないことだと思う。

別れた後、彼のように素敵な男性が現れるとは限らないし、ずっと独身の可能性だってあるのだから。

翌日からも、フリーペーパー作成や来館者の意見をまとめたりして東京の仕事に早く慣れるよう黙々と作業し、金曜日になった。

昨晩、聖也さんから土曜日は十一時に迎えに行くとメッセージをもらった。まだ気持ちが固まっていないけれど、彼に会えるのはうれしい。

午後、テレビ局のディレクターからの電話を受けた。

ときどきテレビ局の取材が入ることがある。

《上田主任はいらっしゃいますか？》

「申し訳ございません。上田はただいま席を外しております。折り返し連絡させていただきますが？」

《では、来年一月のイベントのメインである〝陽だまりの中のライラック〟の写真があればお借りしたいとお伝えください》

え……？　〝陽だまりの中のライラック〟……？　イベントのメイン？

脳内が真っ白になった。

《もしもし？　聞こえていますか？》

「は、はい。わかりました……上田に伝えておきます」

心臓が嫌な音を立てて暴れ、受話器を置く手が震えている。

「イベントのメインって……？」

「真壁さん、どうしたの？」

隣の席の神野さんが、企画書の作成の手を止めて私の方へ顔を向ける。

「今の電話、テレビ局のディレクターからで、〝陽だまりの中のライラック〟がイベントのメインって」

「それが？　真壁さんが契約してきたんでしょ？　ショックを受けた顔をしているわ。どうかしたの？」

乱暴に椅子から立ち上がって、オフィスを出て上田主任を捜しに行く。

平日ということもあって、館内には数人のお客様しかいない。

いったい……なぜ？

歩き回って、入口に並んでいるパンフレットを補充している上田主任を見つけた。

三十代前半の橋田《はしだ》さんという男性スタッフもいる。

「上田主任、お話があります」

「オフィスに戻るのを待てばいいのに、わざわざ捜して？　いったいなにかしら」

「テレビ局のディレクターからお電話があり、〝陽だまりの中のライラック〟の写真があれば借りたいとのことでした。どういうことですか？　〝陽だまりの中のライラック〟がイベントのメインだなんて」

「真壁さん、なにを言っているの？　契約は取れたと言ったじゃない」

上田主任の言葉に耳を疑い、あぜんとなる。

「断られた旨を連絡したはずです」

メールと電話で。

「真壁さん、どうしたの？　本当は契約を取れていなかったの？　私に嘘をついたの？」

「嘘なんて……なぜ断られたのにメディアに発表したんですか？」

「嫌だわ。真壁さん、自分のミスを私になすりつける気？」

右手を口もとにやり、ショックを受けた顔の上田主任に橋田さんが口を開く。

「なんてことをしたんだ？　上田主任に嫌がらせをしたかったのか？」

橋田さんはいつも上田主任と行動をともにしていて、彼女の言葉が絶対という人だから、はなから私を信じていない。

「嫌がらせだなんてしません。本当のことを言っているんです」

「真壁さん、ひどいわ！　契約が取れなかったなら正直に早く言ってくれればよかったのに。これは大事《おおごと》になるわよ」

「上田主任、彼女はフランス語をなめてかかっていたせいで、断られたのを逆に取ってしまい、報告後に発覚して今まで言い出せなかったんじゃないですか？」

橋田さんのひどい想像に、顔がゆがむ。

「上田主任、本当のことを言ってください。なぜこんなことをしたんですか？」

「かわいそうな人ね。まだしらばっくれるの？　明日堺館長が出勤したら報告しましょう。早く身の振り方を考えた方がいいんじゃない？　堺館長に嫌われたらおしまいよ？」

上田主任はこの期に及んでもしらを切るつもりなのだ。

「失礼します」

ひどいことをされても上司なので、そう言ってふたりから離れた。

ショックと怒りで全身が小刻みに震え、足取りがおぼつかなくなって、壁に寄りかかる。

目頭が熱くなるが、ここで泣いてはいけない。

下唇をギュッと噛んで、大きく深呼吸してからオフィスへ戻った。

「真壁さん、上田主任と会えましたか？　どうしたんです、顔色が悪いですよ？」

ちょうど入口近辺に置いてあるコピー機の前にいた藤岡さんの声で、神野さんが私へ視線を向ける。

「どうしたのっ？　真壁さん、気分が悪い？」

神野さんは椅子から立ち上がると、私の肩を支えて席に腰を下ろさせる。

「大丈夫です……」

「なにかあったんじゃないの？　上田主任を捜しに行ったし」

「……〝陽だまりの中のライラック〟は契約できていないんです」

明日には堺館長に話さなければならないので、すぐにこの件は露呈するだろう。

私たちの会話を聞いていたスタッフが「ええっ？」と驚く。

「どういうこと？　あれは堺館長がものすごく喜んでいて、すぐにメディア発表したのよ？　それが契約できていないって……」

神野さんは眉根を寄せて困惑している。

「無理だったと報告したのに……」

「でも、上田主任が間違えるなんて絶対ないんじゃない？」

そう言ったのは神野さんではなく、もうひとりの学芸員だ。

「絶対なんて……人間なんですからそれはないと思います」

「だったら、あなたもそうなんじゃない？　上田主任に伝えたと思い込んで、本当のところはそうじゃなくて記憶違いでした、ってこともありえるでしょう？」

彼女、神野さんと同期の学芸員の女性はパリへ出向する予定だったのに、フランス語が少しわかる程度だったので、私が行くことになった。

ここ数日の態度から、よく思われていないのだろうなと感じてはいたけれど……。

「ねえ、まだ真相もちゃんとわかっていないのに、憶測はいけないわ」

神野さんが彼女をたしなめる。

上田主任は絶対に非を認めないだろう。

どうしてそんなミスを……？

少しして、橋田さんがバタバタと走ってきて、上田主任のバッグを引き出しから取り、コートを手にした。

「真壁さんのせいで、上田主任は体調不良で帰宅します」

橋田さんが誰ともなく告げて出ていく。

上田主任は私と顔を合わせるつもりはないのだ。

その日は退勤するまで、神野さんを除き同僚からの視線が痛かった。

ときどき「どうするつもりなのかしらね？　上田主任がかわいそう」などとひそひそ話が聞こえて、胸が痛かった。

堺館長に話すしかないが、おそらく上田主任がすでに報告しているはず。自分を正当化するために。

堺館長に連絡を入れ、急遽、翌朝九時に面談が決まった。

帰宅してからも明日のことを考えて、ほとんど眠れない夜を過ごした。

次の日。オフィスへ入ってすぐ、館長室に呼ばれた。

ドアをノックしてから入室する。緊張で心臓がバクバクしていて、体の力が抜けそうな、貧血みたいな感覚に襲われている。

「……失礼します」

堺館長は六十代の白髪交じりの男性で、普段は物静かな人だが、ミスを許さないことで有名だ。

「座りなさい」

「はい」

黒革の三人掛けのソファがふたつあり、堺館長の対面に腰を下ろす。

「真壁さん、どういうことなんだね？」

「上田主任からどのような報告がされていましたか？」

「君から契約が取れたとの連絡があったと言っていた」

「〝陽だまりの中のライラック〟の所有者の自宅へ赴き、交渉にあたりましたが、そのときにはお返事をいただけず、後日契約はできないと連絡があり、上田主任にはその旨をメールで送りました。その後、私の努力が足りないのでもう一度交渉するようにとの指示があり、所有者に電話をかけてお願いしました」

堺館長は腕を組み厳しい表情で聞いており、私よりも上田主任を信じているようにうかがえる。

「結果は同じく断られました。借りられなかったと、再びメールを送りました。上田主任のパソコンを確認していただければ私からのものが残っているはずです」

「それが、彼女は君からのメールはないと言っている。彼女がミスするとは思えないんだ。君が送ったつもりで送れていなかったんじゃないかね？」

「そんな……」

「とにかくメディアに発表してしまったんだ。取り消すとなると私は恥をかく。美術館会議でもあの〝陽だまりの中のライラック〟が来年うちの美術館に来るとまで言ってしまったんだよ」

だんだんと苛立った口調になり、一方的に責められてなにも反論できなくなる。

今いくら言っても怒り心頭なので、聞く耳を持ってもらえないだろう。

「君からは〝申し訳ありませんでした〟の謝りの言葉も聞けず、言い訳ばかりだ。腹立たしい」

「堺館長……い、言い訳では――」

「出ていきなさい」

退出命令を下され、堺館長が冷静になるまで待とうとソファから立ち上がる。

「こんなことになって、私も不本意です……。堺館長のパソコンに、私が上田主任へ送った証拠のメールを転送します。ご確認ください。失礼いたします」

私の顔を見ようともしない堺館長に深くお辞儀をして、部屋を出た。

泣きそうだ……信じてもらえないなんて……。

とぼとぼと館内を出て、敷地内をぼんやりと歩を進めながらベンチにガクリと腰を下ろす。

ひどい……。

私が企画書なんて出さなければよかったのだ。上田主任からのリストの多くが断られていたから、力になりたくて企画書を出したのが間違いだった……。

そこで聖也さんとの約束を思い出した。

今日のシフトは本来休日だからこのまま帰っても差し支えないが、聖也さんに会える気分ではない。

時刻は九時四十分過ぎで、会えなくなったと連絡するには遅すぎないだろう。

メッセージで会えなくなったと送るのは申し訳ないので、スマホをポケットから出して電話をかける。

《もしもし？》

「聖也さん、澪里です。あの、ごめんなさい。今日は出勤になって、会えなくなりました」

ずっと泣いていたせいで声が震える。

《仕事が？》

「はい。すみません」

それだけ言って通話を切った。

〝陽だまりの中のライラック〟は聖也さんと関わりがあるので、このトラブルのことは絶対に言えない。

六、彼女のために（聖也Side）

《聖也さん、澪里です。あの、ごめんなさい。今日は出勤になって、会えなくなりました》

通話が切られた後、無性に澪里が気になった。

まだ気持ちが固まっていないから会わないのか？

いや、そうだとしても余裕がないような、いつもと違う様子に感じられた。

「出勤と言っていたよな……」

なにかあったのだろうか。

知り合ってまだ間もないが、予期せぬ出来事にも明るく対応してきた彼女なのに、さっきの電話の声は沈んでいるようだった。

内線電話の受話器を手にする。

「車を用意してくれ」

電話に出た相手に告げると、部屋を出て専用エレベーターに乗った。

両親が亡くなった後、広すぎる家を処分し、六本木の一等地にある高級会員制ホテルのペントハウスに住んでいる。

そのホテルは父が一代で築き上げた会社で俺が引き継ぎ、それからいくつものセレブリティなホテルを世界中に展開している。

顧客はプライベート重視の海外の俳優や女優、お忍び旅行の要人が多い。

エントランス前ではバレーサービスの男性スタッフが待っていた。

「ありがとう」

「いってらっしゃいませ」

エントランスの前に停車している、パールホワイトの車の運転席へ歩を進めて乗り込む。パリで乗っていた車種と同じSUV車だ。

エンジンはかかっており、澪里の働く美術館へ車を走らせた。

美術館に着いたのは十時十五分で、パーキングに止めて建物に向かう。

思い過ごしであればいいんだが……。

館内の入口でチケットを購入し、入ったところで女性の声が聞こえてきた。階段の踊り場にいるらしい。

「真実なんて出てこないわ。真壁からのメールは消去したし、堺館長は私を信じているんだから」

今……真壁と言ったか？

澪里の名字を耳にし、立ち止まる。

「もちろん堺館長は真壁よりも主任を信用していますから」

男の声も聞こえてきた。

なんの話なんだ？

「真壁が辞めればすべて収まるの。もともと〝陽だまりの中のライラック〟なんて名画、なかったんじゃないの？　舞い上がった私がバカだったわ。おかげで堺館長もメディアに発表しちゃったんだからね」

あまりにもひどい言いように怒りが込み上げてきて、ギュッと拳を握る。

コツコツとヒールの音が近づき、男女は俺の前を通り過ぎていく。

〝陽だまりの中のライラック〟の件で、澪里はトラブルに陥っているようだ。

彼女はどこに？

あの女は主任と呼ばれていたから、澪里の上司なんだろうか。

美術館を歩き回ったが、彼女の姿はない。

出勤になったと言っていたから、オフィスにいるのかもしれない。

そう考えたところへ黒縁メガネをかけた女性が歩いてきた。首からぶら下げている社員証で美術館のスタッフだと気づき、呼び止める。

「真壁さんはオフィスにいますか？　彼女の友人なんですが」

「あ、裏庭にいるのを見かけましたよ」

「ありがとうございます」

女性から離れ、来た道を引き返し裏庭に向かう。

澪里が東京の美術館の庭を自慢するように話していたのを思い出す。

捜し歩いていると、ベンチに座っている澪里を見つけた。

十メートルほど離れたところで、彼女の様子に足を止め、すぐ近くのブロンズ像の陰に立つ。

澪里は宙を仰ぐようにしていた。

ふいに彼女の手が顔を覆い、数秒動かない。彼女のもとへ行こうと一歩踏み出したところで、澪里を呼ぶ女性の声がして足を止めた。

呼ばれた澪里はハッとなった様子で顔を手で拭う。

俺とは反対の方向から来た女性が澪里に近づき、隣に腰を下ろした。

声をかけようと思ったが、今来た女性が慰めるように肩を抱くのを見てその場を離れた。

車に戻るとフランスが今何時かを計算する。まだ夜明け前だ。

〝陽だまりの中のライラック〟がトラブルのもとであればその経緯をモーリーに尋ねようと思ったのだが、フランスが朝になるまで待つしかない。

昨日まで出張で仕事がたまっている佐野さんは今日出社している。

〝陽だまりの中のライラック〟の話がどこまでメディアに広がっているか調べてもらうよう、彼に電話をかけて頼む。

電話を終わらせ、美術館を後にした。

住まいに戻り十五時になるまで待ち、モーリーに電話をかける。フランスは八時になった。

《あら、セイヤ。声が聞けてうれしいわ》

「モーリー、電話したのは〝陽だまりの中のライラック〟の件です。澪里のオファーを断ったと聞きましたが……」

《ええ。とてもいいお嬢さんだったわね。セイヤとは交渉は関係ないのでと、真摯に話をしてくれたんだけれど、やっぱり日本へ送るのは不安で断ったのよ》

「それは聞いています」

《上司があきらめきれないから、もう一度交渉させてほしいとミオリに言われたんだけど、それも断ったのよ。でも彼女は声色を変えることなく明るく、ご迷惑をおかけして申し訳ありませんと言ってくれたの。それで……ちょっと気になっていたのよ》

上司が先走ってメディアに発表をしたらしく、今彼女は大変な目に遭っていると話し、絵の管理についてすべて俺が責任を持つから了承してほしいと頼んだ。

日本でのイベントまでまだ日があるが、モーリーは澪里を気の毒に思い、彼女を危機から救うため今すぐ絵を貸し出すことを決めてくれた。

電話の後、部屋を出て住まいとは別棟にある社長室に入り、休日出勤をしている佐野さんを呼ぶ。

「スケジュールを調整して二日間空けてほしい。それとフランスへのフライトの手配を頼む」

佐野さんはギョッと目を見開く。

「二日間ですか……？　シドニーから戻ったばかりで仕事が山積みですよ？」

「これから休日返上で出発まで仕事するし、もちろん機内でも」

「聖也様なら問題ないと思いますが、マダム・エバンスのところへ行くつもりなんですね？」

「ああ。俺を信用して〝陽だまりの中のライラック〟を貸し出してくれることになったんだ」

「直接聖也様が行かれるのではなく、保安責任者に頼むのではだめなのでしょうか？」

プレジデントデスクの上に肘をつき両手を組む。

「信用問題だからな。こちらの誠意を見せたいし、大事な絵画の運搬中になにかあっては大変なことになる。そうだな……明日の夜に発ちたい」

「明日の夜は野本様との会食のご予定が入っています」

すっかり野本のじいさんとの約束を忘れており、あ！と、思い出す。

「食事が入っていたか……」

「はい。敬老の日のパーティーに欠席なさったので、後日会食の設定を」

「では、その後に出発すればいい。一番近いルーアン空港に着陸すればモーリーのところまで車で一時間ほどだ。キャプテンに伝えてくれ」

「わかりました。機内でも仕事をされるのであれば、私もご一緒に」

「いや、こっちでの処理がたまっているだろう？　なにかあればメッセージを送ってくれ」

打ち合わせは終わり、佐野さんは隣の秘書室へ向かった。

ひとりになると、澪里に対してひどい会話をしていたあの男女を思い出し腹が立ってきた。

会話から澪里をはめたのだとわかる。

ベンチに座っていた彼女の憂いのある表情には、胸が詰まる思いに駆られた。

今すぐ大丈夫だからと連絡してやりたいが、万が一モーリーの気が変わることも考えられる。

この手に〝陽だまりの中のライラック〟を預かるまで知らせられない。

その日は自宅に戻らず仕事に忙殺され、執務室のソファで仮眠を三時間ほど取っただけだった。

翌日の日曜日も、野本のじいさんとの約束の一時間前まで、各国のホテルから送られてくる報告書の確認や、新しくシドニーのホテルを買収する件に関しての法務部への指示書などを作成していた。

食事は十八時から。赤坂《あかさか》にある野本家の自宅に呼ばれていた。

野本のじいさんはアルコールが好きで相手にも付き合わせる。そのため、たいていホテルの専用運転手に送迎を頼んでいる。

部屋に入りシャワーを浴びて、ドレッシングルームへ歩を進める。

ワイシャツとスーツを選び着替え終わると、ネクタイと小物が収納されているガラスのチェストの前へ立つ。

その上に、澪里からもらったライオンのカメオの小箱がある。

ドレッシングルームへ入ったときに必ず見たい物で、目につくところに置いていた。

この小箱には、父親の形見の懐中時計がピッタリ収まっている。特別な用事の際にだけ持ち歩く、俺の宝物だ。

レシュロル城で懐中時計を拾ってもらったとき、澪里にひと目惚れした自分は、間違っていない。

奥ゆかしく、優しく、がんばり屋な澪里は、すべて俺の理想にかなった女性だ。

すぐにでも愛してると言いたいが、逃したくないし、断られたくない。

恋愛経験のないウブな彼女だから、慎重に進めなければならない。確実に澪里の気持ちを手に入れるまで。

そこで契約結婚を申し込み、じっくり彼女を手に入れようという考えに至った。

澪里の力になりたい。そのためならどんなことも厭わない気持ちだった。

野本邸の和風の門の前に車が停車した。

「迎えは八時三十分にお願いします。到着したら電話をください」

ホテル専用運転手に頼み、手土産を持って後部座席から降りる。

今夜二十二時に羽田空港を発つスケジュールになっており、ペントハウスに戻らずに向かう。

インターホンを押す前に門が開き、野本邸で長年働いている庭師の初老の男性が現れた。

「聖也様、いらっしゃいませ。旦那様が首を長くしてお待ちしておりましたよ」

俺は庭師に挨拶をして、屋敷へと続く石畳の道を歩く。

玄関では奥様と家政婦が待っていた。

「まあ、聖也さん。相変わらず男前ですこと」

「奥様はいつも優しい言葉をかけてくださる」

そう言って、うちのホテルのパティシエが作った焼き菓子の入ったショッパーバッグを渡す。

受け取った奥様は破顔した。

「ありがとう。私たちの大好物の焼き菓子でしょう？　会員じゃないと買いに行けないから、うれしいわ」

「いつでも連絡をください。届けさせますから」

そこへ野本のじいさんがやって来て、奥様に対して顔をしかめてみせる。

「玄関で立ち話をさせるとは。お客様もお待ちなんだぞ」

「そうでしたわ。聖也さん、どうぞどうぞ」

お客様？

そういえば玄関に赤いストラップのハイヒールがあった。

さては、野本のじいさん。謀ったな。

ジロリと狸のような顔を見ると、野本のじいさんは「ははは」と背を向けてダイニングルームへ入っていく。

こりないな。俺に付き合っている女性がいると、はなから信じていないのだ。

仕方なくダイニングルームへ歩を進めた。

六人掛けのテーブルに着いていた、白のワンピースを着た女性が立ち上がる。

にこやかな笑みを向ける女性を野本のじいさんが紹介する。

「聖也君、敷島恵利子《しきしまえりこ》さんだ。敷島大臣を知っているだろう？」

「ええ……」

敷島大臣といえば、政界の重鎮だ。

「恵利子さんは孫なんだよ。素敵なお嬢さんで、君に紹介したくて来てもらったんだ」

またか……。

「……氷室聖也です」

そっけないほどの自己紹介に、野本のじいさんが乾いた声で笑う。

「聖也君はシャイなんだよ。さあさ、座りなさい」

敷島さんの隣に腰を下ろすと、銘々の皿に盛りつけられた料理が運ばれてきた。

数々の中国料理と紹興酒が用意される。

「今日はね、中国料理の気分だったんだよ」

そう言って、家政婦から紹興酒の瓶を渡され、ラベルを確認して彼女に戻す。

家政婦が俺の前にある小さなグラスに紹興酒を注いでから、主のグラスを満たす。

「そうだ。恵利子さんは飲める口なのかね？」

「たしなむ程度ですが、紹興酒を飲んだことがなくて興味はあります。いただいてもよろしいでしょうか？」

「ああ、もちろんだよ」

話を聞いていた家政婦が、彼女のグラスに注いだ。

「では、乾杯しよう」

それぞれがグラスを持ち、軽く掲げて乾杯した。

アルコールが飲めない奥様はジャスミンティーのグラスだ。

「うまい。これくらいの熟成度がちょうどいい。食べながら話をしよう。恵利子さんは聖也君がホテル王と言われていることを知っているかね？」

「はい。経済誌で拝見したことがあります。その若さですごいとお祖父様も話しておりました。本当にお会いできて光栄です」

「聖也さん、恵利子さんはホテル王に嫁ぐにふさわしいお家柄だと思わない？　才色兼備でお料理も上手なのよ」

奥様もどうにかして彼女とくっつけたいようだ。

「おばあ様、家柄で女性を選んだことはありませんよ。ですが、敷島さんは世の男性が求める女性像に見えます」

奥様の機嫌を損なわないように言うが、俺にとっては澪里が一番の理想の女性だ。

「そうでしょう。美しいお顔立ちで、お祖父様が大臣でなければミス日本に推薦したいところなのよ。敷島大臣は厳格な方だから」

「聖也君、飲みなさい。今日はゆっくりしていけるんだろう？」

野本のじいさん自らが俺のグラスに紹興酒を注ぎ終えると、俺も瓶を受け取り、相手の空になったグラスになみなみと入れる。

「残念ながらゆっくりもできないんです。二十二時に羽田を離陸するので」

「それでは落ち着いて食事もできないじゃないか。来てもらった恵利子さんに申し訳ない」

「野本のおじい様、聖也さんはお忙しいビジネスマンですわ。時間をつくって来てくださったのですから。聖也さん、どちらへ行かれるのですか？」

野本のじいさんをなだめ、その場の雰囲気が悪くならない会話を振るあたり、如才ない女性だなと思う。

「フランスです」

「フランスか。先月も行ったんじゃなかったか？」

敬老の日のパーティーに欠席した理由を覚えていたようだ。

「ええ」

いろいろ聞かれるのを避けるために、端的に返事をしてグラスに口をつけると奥様が口を開く。

「本当に聖也さんはお忙しいのね。結婚したら変わるのかしら」

「そうですね。愛している女性のためなら変わるでしょう」

それからはおいしい料理を食べながら、あたり障りのない会話をしているうちに、迎えが到着したと電話があった。二十時三十分ぴったりだ。

今日の食事のお礼といとまを告げ、待っていた車に乗り込み、羽田空港に向かってもらう。

後部座席に背を預けたとき、ポケットの中のスマホが振動した。

取り出してみると澪里からで、通話をタップして出る。

「もしもし、澪里？」

《はい。聖也さん、今大丈夫ですか？》

まだ声は沈んでいるように聞こえる。あのときの悲しそうな顔が脳裏をよぎる。

「ああ。移動中だが運転はしていないから」

《移動中……あの、昨日は申し訳ありませんでした》

「仕事が入ったのなら仕方がないよ」

《じつは……仕事でトラブルが……》

「トラブル？」

承知しているが、知らないフリをする。

《困った立場に置かれてしまい、美術館を辞めることを考えています。今、気持ちに余裕がなくて、先日の契約結婚のお話はお断りさせてください》

「待ってくれ。美術館の話をちゃんと聞きたい。これから海外へ行くからすぐには会えないが。火曜日に戻るから」

《今の私はとても話なんか……余裕がないんです。ごめんなさい》

つらそうな声の後、通話が切れる。

通話が切られたスマホの画面を見ながら、重いため息が漏れる。

早く安心させてやりたい。

こんな目に遭わせたあの女を思い出し、再びはらわたが煮えくり返るようだった。

七、上田主任の策略

美術館でわかってくれているのは神野さんだけだった。

ほかの人たちは上田主任を信じているので、いづらい空気がオフィスに漂い、身の置き場のない状況に陥っていた。

堺館長と面談した翌日の夕方、上田主任に話があると言われて建物の裏に出る。

「真壁さん、もうがんばらないでいいんじゃない？　美術館も新しい経営者が現れない限りつぶれるわ。堺館長はその件もあってピリピリしているもの。メインのないイベントは話題を呼ばないしね。だから、先に辞めた方がいいと思うの。あなたのためを思って言っているのよ？」

上田主任は腕を組んで威圧的に私を見やる。

「私のため？　上田主任の嘘――」

「ちょっと待って」

上田主任が私の言葉を遮り、不服そうな顔で口を開く。

「言い訳でもするつもり？　嫌ね、自分の責任をなすりつけるなんて。私が送ったりストの数件しか交渉成立しなかったじゃない。あれだけじゃ、お客様は呼べないわ。身を入れて交渉をしなかったあなたのせいよ」

そう言ってから、おかしそうに笑う。

なぜ私を目の敵にしているのか、わからない。もともと、アシスタント時代は上田主任から学んだのだ。あの頃はかわいがってくれていたのに。

「どうして……」

ポロッと口にしてしまうと、上田主任は目を吊り上げる。

「あなたがいけないのよ？　私よりも有能だから。そうよ。堺館長にかわいがられるあなただからパリへ行けたのよ」

「私がパリへ行けたのは、フランス語が話せるので、仕事がスムーズに進むと堺館長が思ったからではないのですか？」

私がパリへ行ったことを恨めしく思っていたの……？

「今はスマホさえあれば、会話はできるの。誰が行っても一緒よ。パリでの二年間はどうだった？　さぞかし有意義だったことでしょう」

上田主任がこんな幼稚な考えの人だとは思ってもみなくて、がくぜんとなった。

「みんなが妬んでいるのよ。身の振り方を考えた方がいいわ」

上田主任はバカにしたような笑みを浮かべて立ち去った。

すぐには戻りたくなくて、昨日と同じベンチに座って今の会話を思い返していた。

私のパリ出向は、みんなが妬んでいたの？　二年間もお給料をもらって遊んでいたと思っているの？

たしかに楽しかったが、最初のうちは学芸員たちと溶け込めず、ぎこちない毎日で大変だった。皆と仲よくなれたのはジャンヌのおかげだ。

スマホなんかで会話をしていたら、一カ月も経たないうちに帰りたくなるはず。

堺館長は私の語学力と能力で行かせたのだ。

期待してくれていたであろう堺館長を失望させ、信頼もなくしてしまった。私のせいで館内の雰囲気も悪くなる一方だ。神野さんにも心労をかけさせている。

この仕事は大好きだけれど、もうここで働けないかもしれない。

その夜、聖也さんに電話をかけた。昨日の約束をキャンセルしてしまったことの謝罪と、契約結婚はできないと言うために。

〝陽だまりの中のライラック〟の件でこんなことになってしまったなんて、恥ずかしくて言えないし、気持ちに余裕がなくて契約結婚の話は断った。

聖也さんはまた海外へ行く……あ、もしかしたら社長さんも一緒に乗っていた？

そんなときに私用の会話をさせてしまい申し訳なかった。

月曜は休館日で火曜は休みを取り、二日間家から出ず鬱々と過ごした。

水曜日、いつまでも休んではいられないと自分を奮い立たせ、紺色のパンツスーツを着て職場へ向かった。普段はスカートばかりだが、今日は気を引きしめるためにパンツスタイルにしたのだ。

オフィスへ行くと神野さんが心配そうな表情で近づいてきた。

「真壁さん、おはよう。昨日休んだけど大丈夫？」

「おはよう……うん、大丈夫よ」

彼女だけが心配してくれていることに、尖《とが》った気持ちが少し和らぐ。

今日、退職届を持ってきている。

大好きな仕事を辞めるのは不本意だ。けれど、人間関係が崩れてしまった今、修復する手立てもないし、ここにいるだけで委縮してしまう。

二十八にもなって、一番恐ろしいのは人間だと悟るなんて……。

帰国して間もないので任された仕事はないが、パリで交渉成立しているイベント用の絵画の契約書類を整理することに午前中は費やした。

上田主任と橋田さんはもともと休みの予定でいない。

黙々と仕事をしていても、ほかの人たちは私に聞こえるように嫌みを言っている。

「わざとらしくフランス語の書類を開いているわ」

「私たちよりできるってところを誇示したいのよ」

彼女たちの会話には耳を塞ぎたくなる。気にしちゃだめ。

突として神野さんが椅子から立ち上がる。

「もうやめなさいよ。誰がミスをしたのか、よく考えて。真壁さんのせいじゃないわ」

「真壁さーん、よかったわね。味方がひとりいて」

バカにしたように手を叩く。まるで中高生がするようないじめだ。

「神野さん、ありがとう。うれしいけれど、私にかまわない方がいいわ」

彼女の気持ちはとてもうれしいが、私と一緒に嫌みを言われ続けたら申し訳ない。

神野さんに向かって、やんわりと笑みを浮かべた。

今日は堺館長に退職届を提出するつもりだが、午前中リニューアルオープンした美術館に呼ばれており、来るのは午後からになるそうだ。

十三時過ぎ。堺館長は一時間前に出社しており、そろそろ退職届を出しに館長室へ行こうと思っていたときにデスクの電話が鳴った。

視線をモニターに走らせると館長室からの内線で、心臓を跳ねさせながら受話器を手にする。

「真壁です」

《私だ。真壁さん、こっちに来てくれ》

機嫌がよさそうに聞こえて、首をかしげる。

「わかりました」

ポケットに退職届を入れて席を立ち、オフィスを出て館長室へ向かう。

ドアの前で大きく深呼吸をしてからノックする。

「入りなさい」

ドアを開けて会釈する。

「失礼します」

室内には堺館長だけではなく、黒いスーツを着た男性が椅子に座っていた。

ローテーブルの上に、絵画を入れる平たい箱が置かれている。

「真壁さん、この方は『クイーンズグループ』の保安課総責任者の山下《やました》さんです」

「山下です」

四十代後半くらいで、鍛えられたようにに見えるがっしりした体格をしている。

「真壁と申します」

クイーンズグループ？　世界中の主要都市で会員制ホテルを運営する大企業だ。

社名なら有名だから知っているけれど、なぜ私に紹介をするのだろう？

「CEOから、こちらの絵画を真壁さんにお持ちするようにと依頼されました」

「クイーンズグループのCEO……私は存じ上げないのですが。本当に真壁とおっしゃったのですか？　それに、絵画とは……？」

堺館長はずっと笑顔で、かなり機嫌がいいことがわかる。土曜日とは打って変わって態度が違う。

知らせたくて待ちきれなさそうな堺館長が口を開く。

「真壁さん、〝陽だまりの中のライラック〟だよ！」

「え？」

「功労者を立たせておくわけにはいかない。早くかけなさい」

堺館長の隣を示され、困惑しながら「失礼します」と腰を下ろす。

わけがわからない。どうして〝陽だまりの中のライラック〟なの？

当惑している私に、山下さんがローテーブルの上にある箱を至極丁寧に開けた。

「あ……」

堺館長の言う通り、〝陽だまりの中のライラック〟だった。

レプリカ？　だってここに本物があるわけがない。

「すみません。近くで見させてください」

「どうぞ」

ソファから立ち、床に膝をついて絵画を細部まで視線を走らす。

たしかにモーリーさんのお宅で見た絵だった。

レプリカではなく本物だ。アンドレアのサインは癖があって模写するにはかなり難しく、レプリカはすぐにわかると有名だった。

「あなたのためにCEOが所有者のお宅まで預かりに行ってきました」

「CEO……」

クイーンズグループの社長が、私のために〝陽だまりの中のライラック〟を預かりに……？

頭の中で目まぐるしく考える。

「CEOとはレシュロル城でお会いになったとお聞きしましたが」

「あ！　そういうことですね」

聖也さんはクイーンズグループCEOの秘書だったんだ。彼がCEOに話を……？

私が聖也さんに、絵を借りられなかったと伝えたから？

電話をかけたとき、聖也さんはこれから海外へ行くと言っていた。あれは日曜日だったのに……。

「どうして……そこまで……」

でも、それは想像しかない。

レシュロル城では社長さんと聖也さんはかなり仲がよさそうに見えた。聖也さんが無理強いをしたのではないだろうか。

「とにかくCEOは忙しいスケジュールの中フランスへ飛び、こちらを預かり私に持っていくように指示をしたのです。ただ条件があり、開催日までこちらで保管をさせていただきたいとのことです。なにぶん値をつけられないほどの絵なので」

「ありがとうございます……そんな言葉では感謝を伝えられませんが、本当に……心から……」

〝陽だまりの中のライラック〟を展示できることになってうれしいが、聖也さんにまた迷惑をかけてしまったのだと思うと胸が痛い。

「今も素晴らしい〝陽だまりの中のライラック〟を前にして手が震えてくるほどです。CEOに直接お礼に伺わせていただきたいのですが」

堺館長の言葉に、山下さんは笑顔で首を横に振る。

「お礼なら真壁学芸員だけでと、言っていました。彼女の人柄には所有者も好意的で、断って申し訳なかったと話していたそうです」

モーリーさんが……。

「それで、ご都合がよろしければ、本日の十八時に六本木の『クイーンズホテル』にお越しいただきたいとCEOから言《こと》づかっております。お迎えの車も用意させていただきます」

「お、お迎えだなんてとんでもないです。そのお時間にお伺いいたします」

「では、ロビーにてレセプションの者にお声をかけてください」

「契約書類や契約金などは？」

どういった貸借契約なのか気になって尋ねる。

「それは今夜お会いしたときに聞いてください。では」

山下さんがすっくと立ち上がり、ソファの隅に立てかけてあった絵画がピッタリ入るジェラルミンケースの中へ〝陽だまりの中のライラック〟をしまった。

館内の出入口まで山下さんを見送り、堺館長に向き合う。

「お話があります」

「部屋へ行こう」

館長室へ戻り、今度は私が山下さんの座っていた場所に腰を下ろす。

「〝陽だまりの中のライラック〟は本当に素晴らしい絵だった。今でも感動が続いている。真壁さん、申し訳なかった」

「私に非はないと思っていらっしゃるのですか？」

「君のメールは見たよ」

私のパソコンに残っている上田主任への通信記録、それに通話記録も送ってある。

面談の際は疑われていたけれど、上田主任は証拠を残さないように堺館長は信じてくれた様子。

「よく考えてみると、上田主任は証拠を残さないようにメールではなく電話で話したように思える。それと、匿名で男性から電話があった。土曜日に来館した際、女性と男性の会話を聞いており、美術館で醜聞を聞かされるとは思わなかったと言っていた」

男女……上田主任と橋田さん？

「すまなかった。美術館の存続がかかっているせいで冷静に物事を見られなかった」

堺館長から謝罪の言葉をもらえて、少しだけ胸が軽くなった気がする。でも、ここまでこじれてしまったのだ。今の職場で働くのは難しい。

「これを……」

ポケットから退職届と書いた封筒を出して、ローテーブルの上に置く。

「退職届？　真壁さんは悪くないと言っただろう？」

「今回のことで、皆さんが私をどう思っていたかわかりました。優しい言葉をかけてくれたのは神野さんだけでした。職場環境の悪い中で働くのは精神的に負担が大きいので」

「上田主任は厳しく処分をするつもりだ。みんな彼女に踊らされていたんだろう。処分されれば真壁さんへの風あたりも収まる。そうでないと私が許さない」

面談のときに『君は悪くない』と言ってもらえたら、こんなに苦しまないで済んだのに……。

「パリの美術館の館長からうちの美術館が存続危機だという噂があると聞いて、〝陽だまりの中のライラック〟なら話題になると考えて企画しましたが、しなければよかったと後悔しています」

「うちのためを思ってくれたのに、私は君を信じなかった。本当にすまない。申し訳なかった。君の力が必要なんだ。真壁さんに、このイベントの責任者になってもらいたい。君が一番詳しいのだから、彼女たちには文句を言わせない」

「でも……」

上田主任が処分されて、それで本当にうまくいくのだろうか。上田主任のアシスタントだった私は、彼女がいかに優れた学芸員かを知っている。

「あってはならないが、君に辞められたら、クイーンズグループのＣＥＯは貸してくれなくなるかもしれない。真壁さんのために莫大な費用をかけてフランスまで行ってくれたのだろう？」

「私が何度かお会いしているのは秘書の方です。ＣＥＯのお顔は見たことがありますが……。今回の件は秘書の彼しか思いあたりませんが、それが確実なのかもわかりません」

「とりあえず、退職届はいつでも出せる。今はイベントに尽力してくれないだろうか？　みんなにはこれから話そう」

〝陽だまりの中のライラック〟に関して責任がある。聖也さんが尽力してくれたのなら、イベントは絶対に成功させなくてはならない。

「わかりました」

ローテーブルの上に置いたままの退職届を手にして、ポケットにしまった。

その後、堺館長はオフィスの隣にある会議室へ学芸員とスタッフ全員を集めた。上田主任と橋田さんが休みなので、私を含めて六人だ。

「今日集まってもらったのは、真壁さんの件だ」

堺館長は切り出し、誤解していた内容を話した。

上田主任のミスだったと、みんなはわかってくれたようだ。

「真壁さんは上田主任の代わりを務める。彼女に対する妬みつらみは場合によっては査定の対象になる。みんな、仲よくやってくれ」

堺館長が会議室を出ていくと、神野さんが安堵した表情で肩に手を回しハグをする。

「神野さん……信じてくれてありがとう」

「もちろんよ。絶対に真壁さんのミスじゃないとわかっていたわ」

実直で正義感が強い彼女がいてくれて心強かった。

就業時間は十八時までだが、ＣＥＯへの手土産を買う時間も必要だろうと堺館長に早めの退勤を勧められ、十六時三十分になるとメイクを直し美術館を出た。

電車で六本木へ向かい、車内で手土産を検索した結果、一万円越えする栗を使ったパウンドケーキに決めた。

驚くほど高い値段だが、こんなものではお礼にならないほどのことをしてもらっている。この手土産がチープに見えてしまうほどだ。

でも、わざわざフランスまで行ってくれたのは……？

そこまでしてくれることが不思議でならない。大事な秘書にお願いをされたから？

有能なビジネスマンが多忙の中、私情を挟んでフランスへ飛ぶ……？

考えてもわからないことばかりだけれど、会えば解決するのだ。

スマホで地図を確認しながらクイーンズホテルに到着した。

たしかレセプションの者にと言っていた。

見るからにセレブリティな内装で、上品で優雅な気持ちになれるロビーだ。

しかし私の服装は場違いで、途中で止められるのではないかと思ってしまった。

会員制ホテルだからなのか、ロビーを歩いているのは私しか見あたらない。スタッフも少なく感じる。

入口から少し離れたところに立っている黒いスーツを着た男性は体格がいいので、保安係の人かもしれない。

レセプションの前まで行き名前を告げると、アイボリーのワンピースを着た女性が「ご案内いたします」とエレベーターに案内をしてくれ、一緒に乗り込んだ。

最上階にエレベーターが止まり、女性がルームキーでドアを開けて中へ入るよう促される。

ドアの向こうはオフィスではなく、豪華なスイートルームだった。

「ソファに座ってお待ちください」

まさかホテルの部屋だったなんて……。

立ち去ろうとする女性に声をかけようとしたが、ドアが閉まったところだった。

ベッドルームは見えないが、こんなところに招くなんてどうして？　ＣＥＯの執務室でも充分だったのでは……？

外は暗く、ライトアップされた東京のシンボルタワーが見える。こんな素敵な部屋でくつろぎながらタワーを見ることができたら、優雅な気持ちになりそうだ。

でも、今の私は居心地が悪くて仕方ない。

困惑しつつとりあえずソファに腰を下ろした。正面には信じられないくらい大きなテレビがかかっている。その壁の端にはドアがなく開放的なゾーニングで、隣のダイニングルームからお皿やカトラリーのカチャカチャというような音が聞こえてきた。

向こうに人がいる気配がする。

これからクイーンズグループのＣＥＯに会うことに、ドキドキしている。あの優しそうな男性であれば、お礼を言って契約金などの書類を見せてもらおう。

　見合う金額であればいいのだけど……。

　そのとき、背後にある入口のドアの開閉音が聞こえた。

　急いでソファから立ち、体の向きを変える。

「あ……」

　そこにいたのはうろ覚えのCEOではなく、チャコールグレーのスリーピースに身を包んだ聖也さんだった。

「聖也さん……社長さ、じゃなくて、CEOは？」

「澪里、腹が減っているだろう？　ふたりで食事をしよう」

「CEOが来られるまで、食事をしているように言われたんですか？　こんなゴージャスなお部屋で食事をするなんて、大丈夫なんでしょうか？」

　聖也さんは楽しそうに口もとを緩ませる。

「なにが大丈夫？」

「なにがって、CEOにお礼を言いに来たのに聖也さんと食事をするなんて。CEOは食事の後にいらっしゃるんですか？」

「問題ない」

　さっきからおもしろおかしいような表情を浮かべている彼の様子が気になる。

「問題ないって……お礼を伝えていないのに、食事なんてとても……喉を通りません」

「佐野さんは気にしないよ」

「CEOは佐野さんとおっしゃるんですね？」

　〝さん〟付けするほど仲がいいのね。

「では、先に聖也さんにお礼を言わせてください。聖也さんがCEOに口添えをしてくださったのですよね？」

「仕事帰りだし、立って話をしていたら疲れるだろう。とりあえず座ろう」

　聖也さんは私をさっきまでいたソファに腰を下ろさせてから、斜め前のひとり掛けソファへ座る。

　まるで彼がこの部屋の持ち主であるかのような慣れた所作だ。

「そうだ。澪里のプレゼントはとても気に入っているよ。ちゃんと懐中時計をしまってある」

「何時間も苦労――あっ」

　恩着せがましく言うつもりじゃなかったのに、口をついて出てしまい慌てる。

「たかが一時間くらいです」

「苦労して探してくれたのだと思っていたよ。ありがとう」

聖也さんは感じのいい対応をしてくれるが、うかつに口をすべらせたせいで長時間探したとバレてしまった。

「……気に入ってもらえてうれしいです。それで、〝陽だまりの中のライラック〟の件ですが、聖也さんが佐野ＣＥＯに話をして、モーリーさんのところまで行ってくださったのですよね？」

聖也さんは体をこちらに若干寄せて私を見つめる。

「澪里、じつはＣＥＯは俺なんだ」

「え？」

彼のセリフがのみ込めず思考が停止した。

「佐野さんは秘書を務めてくれている。俺はクイーンズグループのＣＥＯだよ」

「佐野さんでなく、聖也さんがＣＥＯ……⁉」

一瞬、こんな若いのにクイーンズグループのＣＥＯだなんて冗談を言っているのだろうと思ったが、以前フライトに乗れなくなっても困った様子じゃなく、モーリーさんのところへ行って絵を受け取れたのは、聖也さんがトップだから……。

「誤解させたままにしていて、すまなかった。騙《だま》されたからといって怒らないでくれないか？」

「……本当なんですね」

怒るなんてとんでもない。

パリで聖也さんは隠しておきたかったのだ。だけど、それも納得する。裕福でルックスがいい彼には辟易するほど女性が寄ってくるのだろう。

私も同じような類《たぐ》いの女性だと思われていたのかもしれないと思うと、胸がちくっと痛みを覚える。ううん、聖也さんは私とは気軽な友人関係でいたかったに違いない。

「本当だ。普通の男として澪里と会うのは楽しくて、話す機会を失っていたんだ。土曜日に会ったときに話をしようと思っていたんだが」

「でも、モーリーさんを説得してフランスまで……そんなことをしてもらう価値なんて私にはないのに」

「価値なんてない？　それは間違っている。俺にとっては切実な問題だった」

「切実な問題とは、契約結婚のことですか？」

聖也さんにとって契約結婚は、是が非でもしなくてはならないものなのだろう。

「それもあるが、君が人に陥れられ悲しい目に遭わせられるのは嫌だったんだ。いや、嫌というよりも今まで一番憤ったし、不快だった」

彼はなにか思い出したようで顔をしかめた。

「どうして私が陥れられたと知ったんですか？」

「土曜日、電話をくれた澪里の様子が尋常じゃないように思えたから、美術館へ行ったんだ。そこで男女が君の話をしているのが聞こえた」

「もしかして、匿名で堺館長宛てに電話をかけたのは……」

「まあ、そこはいいだろう？　澪里を捜して裏庭でぼうぜんとなっている姿を見て、胸が痛んだよ。君の力になりたいと思ったんだ」

「あんな姿を見られて恥ずかしいです……」

あのときほどショックで悲しかったことはなくて、いつもの自分じゃなかった。

「……〝陽だまりの中のライラック〟を借りるのに、モーリーさんに無理に頼み込んだのでは？　どんな条件だったのでしょうか」

「無理は言ってない。モーリーは貸し出すことは不安だったが、俺が全面的に責任を持つ約束で貸してくれたんだ。美術館のセキュリティを考えなければならない」

「たしかにあの作品を保管するのは……」

かといって、存続危機に陥っているのにセキュリティ強化にかけるお金があるのだろうか。

でも〝陽だまりの中のライラック〟になにかあってはならないのだ。

また問題が出てしまったが、これから最重要事項として取りかかろう。

「絵画の保管場所に伝手《つて》がある。ひとまずこちらで預かろう」

「はい。よろしくお願いします。それで、金額は？」

「澪里がモーリーに提示した金額でいいと言っていた。契約書はその場で俺が書いた。万が一の場合の補償に関しても君が置いていった書類と同じで、金も支払い済みだ。もちろん保険には入っている」

「ありがとうございます。うちが支払える精いっぱいの金額でした。明日にでも――」

「澪里、絵のことは終わりにしよう。そろそろ食事に」

聖也さんはソファから立ち上がると、私に手を差し出して立たせてくれる。

先ほど人の気配がしていたダイニングルームには誰もいないが、楕円形のテーブルの上にフードウォーマーがかぶせられている。

「フレンチにしてもらったんだ」

そう言いながら、座り心地のよさそうな椅子を引いて座らせてくれる。

なんで聖也さんがＣＥＯだと気づかなかったんだろう。彼の気品がある所作は私が知る男性とは異なるし、どんなときも落ち着き払っていて余裕があった。

そういえば、木が倒れて帰国できないというのに余裕があったし、こっちに戻ってきたときに乗っていた車も高級車だったけれど、あれは聖也さんの車だったのね。

「フレンチ、懐かしいと言いたいところですが、実際はコース料理なんて食べに行くのは特別な日だけでした」

対面に掛けた聖也さんが「特別な日？」と、片方の眉を上げる。

「ボーナスが出たときとか、同僚とお互いの誕生日をお祝いするときです。一番おいしかったのは聖也さんと食べたビストロの料理です。あの味には感動しました」

「ああ。あのビストロはたしかにおいしかった」

聖也さんはシャンパンクーラーからシャンパンのボトルを手にして、慣れた手つきで開ける。

「給仕を断ったから、くつろいで食べて」

それぞれのフルートグラスに金色の液体を注ぐ。

「聖也さん、〝陽だまりの中のライラック〟を借りられたことも感謝していますが、私を信じて動いてくださったこと、胸がいっぱいになりました。報いることができればいいのですが……」

「契約結婚の件は一度断られたが、今なら考え直してくれるだろう？」

聖也さんは私に契約結婚を承諾させるために動いてくれたのかもしれないけれど、それにしても多大な労力とお金がかかっている。

そもそも、今回の絵のトラブルがなかったら私はもっと早い段階で了承していた。上田主任や職場のことで余裕がなくなっていたのだ。

「私でよければ聖也さんのお力になれればと思います」

「ありがとう。俺の妻になって後悔はさせないよ。乾杯しよう」

俺の妻になって……。

その言葉は私の鼓動をドクンと跳ねらせる。

だめだめ。愛のない関係なんだから、惹かれすぎないように気をつけなきゃ。

表情に出さないようにしてフルートグラス少し掲げて乾杯をし、ひと口飲む。

キリッと冷えたシャンパンは喉越しがよくて、胃の中にすっと落ちていく。

いくつかのフードウォーマーを外す。

「食べる順序にはこだわらず食べよう」

「はい。いただきます」

ナイフとフォークを手にして、サーモンのジュレがのった野菜のテリーヌを口にする。驚くほどのおいしさだ。

高級会員制ホテルで人気なのもわかる。超一流のシェフばかりで、セレブなお客様の心を掴《つか》んでいるのだろう。

「澪里、君の望むだけの報酬を渡そう」

「報酬だなんていりません。美術館で働けるので」

「あんな女がいるのに働き続けられるのか？」

聖也さんは思い出したみたいに顔をしかめる。

「あんな女？　ああ、上田主任ですね。今日は休みだったので明日堺館長が話すそうです。それに、〝陽だまりの中のライラック〟は私が責任を持たないと。せっかく聖也さんが預かってきてくれたんですから」

「仕事が好きなんだろうが、自由な時間があればいろいろな美術館を観にも行けるんじゃないか？」

「たしかにそうですね」

美術館を訪れる自由な自分の姿を想像したらおかしくなった。

「働き蜂は働いているのが一番なんです。このお魚、本当においしすぎますね」

真鯛のムニエルは口に入れるとフワッと溶けていく。

「あ、契約結婚の件について、たとえ数年間の話でも、両親には愛し合って結婚した

と思う」

「もちろん。結婚式を挙げてもいい。それくらいしないとご両親は納得してくれない

ことにしてほしいのですが」

「結婚式まで挙げなくても……」

純白のウエディングドレスを着てチャペルの祭壇で式を挙げるのは夢だが、契約結婚となると二の足を踏む。

「そのことはおいおい考えよう。まずは週末のパーティーに一緒に出席してほしい」

「え？　しゅ、週末にパーティーが？」

「ああ。土曜日に。パーティーの招待状は多いが、厳選して出席している。ちょうど野本のじいさん……以前話した、こりもせずに縁談話を押しつけてくる人なんだが、その人と関わりのあるパーティーだから君を連れていけば信じてもらえる」

聖也さんにとって契約結婚の一番の原因なので、パーティーに出て交際中の女性がいると牽制したいのだろう。

「わかりました。パーティーへはどんな服装を……？」

「今回は女性はドレス、男性はタキシードのドレスコードになっている」

「ではレシュロル城の時のドレスでいいでしょうか？」

「今日は水曜日か。新しく作るにも時間がないから既成のドレスを選んでもいいが……あのドレスは澪里によく似合っていた。そうしてくれ。また別のパーティーにそなえて近いうちにオーダーしよう」

「パーティーは頻繁にあるんですか？」

「ああ。今までは限られたパーティーにしか出席しなかったが、澪里がいてくれれば出席して人脈づくりもいいと思う」

「人脈って、クイーンズグループのＣＥＯならあるのでは？」

「それでも充分ではないからな。レシュロル城のときのように、君のような素敵な女性に会えただろう？　あ、勘違いしないでくれ。女性目的じゃない。あくまでビジネスでだ」

「今、勘違いしそうになりました」

慌てるところなんて見たことがないのに、急いで訂正する聖也さんがおかしくて冗談を言って笑う。

パーティーが頻繁にあるなんて、私とはまったく世界の違う人と契約結婚の約束をしてしまった。

パーティーに出席しているうちに、彼は運命の女性と出会うかもしれない。

「夫婦らしさを演出する必要があるから、住まいもともにしてほしい。こちらに引っ越してきてもらえるか？　急な話だが、できるだけ早いと助かる。いつ来られる？」

「マンスリーマンションに住んでいるのですぐにでも引っ越せます。どちらにお住まいなんですか？」

パンに手を伸ばし、ちぎって口に入れる。

「住まい？　ここだ」

「え？　ゴホッ」

驚いて危うく気管支に入るところだった。

「大丈夫か？」

聖也さんが椅子から立って、ピッチャーから水を注いで渡してくれた、グラスに口をつける。

「ありがとうございます。ここ……って、ここ？」

胸の上を叩いて、軽く咳をする。

「そう。ここに住んでいる。両親が亡くなった後に住み始めたんだ。オフィスは別棟にあるから近いしな」

「私もここに？」

ホテルのペントハウス住まいだなんて、紗季が聞いたら腰を抜かすほど驚くだろう。

「あたり前だろう？　食事が終わったら案内する。若干美術館までは遠くなるから、送迎車をつけるよ」

「電車で行けますから大丈夫です」

「クイーンズグループのＣＥＯの妻が電車通勤？　では、車を買おう。美術館のパーキングがだめなら、近所の駐車場を契約すればいい」

「聖也さん、そんなに甘やかさないでください。図に乗って離婚したくないと言いだすかもしれませんよ？」

　そう言って、鴨肉のコンフィにナイフとフォークを使って口へ運ぶ。食べやすいように切られている。

「澪里の性格ではそれに甘んじないはずだ。結婚したからといって、澪里をしばりつけるつもりはない。自由にしたらいい」

「クイーンズグループのＣＥＯの妻として恥ずかしくないように努めます。でも、私なんかができるかどうか……」

「俺が見込んだ君だからできるよ。ほら、スープは飲んだ？　毎日飲みたくなるよ」

　聖也さんは笑みを浮かべて、食べるように勧めた。

食事の後、ペントハウス内を案内してもらう。

ダイニングルームの先は廊下になっていて、右手に広いベッドルーム、その奥にドレッシングルームがあり、中も見せてくれた。

こんな部屋に住んでいる人がいると思うと、口をあんぐり開けて驚きっぱなしだ。

ドレッシングルームとつながっているバスルームも、私が今住んでいる部屋がすっぽり入りそうなほど広い。

「使ったことはないが、外にジャグジーがある」

「ジャグジー、バスルームにもあるのに贅沢な造りですね」

「水着を着て一緒に入るのも楽しそうだな」

「え？　水着を？　だ、だめです。恥ずかしいです」

大きく両手と首を左右に振って慌てる私に、聖也さんはおかしそうに笑う。

「何事も経験だと思わないか？」

「そうですが……。ところで、ルームツアーはこれで終わりですか？」

「ああ。どうした？」

「ベッドルームがひとつだったので。あの、その……」

同じベッドで寝なくてはならないのかを聞きたかったが、以前泊まった際、目を覚ましたら聖也さんの腕の中にいたことを思い出してしどろもどろになる。

「申し訳ないんだが、ベッドメイクや掃除が入るから一緒のベッドを使うことになる。従業員にはこちらのプライバシーについて話すのは厳しく禁止しているが、別々のベッドで寝ているとなれば噂になるだろう」

「で、でも、私がリビングのソファで寝てもバレ――」

「一度同じベッドに寝たじゃないか。それに、掃除が入ると言っただろう？　ソファで布団を使っていても勘ぐられる。それだけは避けたい」

「で……ですよね。わかりました」

聖也さんは海外出張も多いのだから、同じベッドを使う機会は少ないはず。

八、信じられない贅沢な生活

翌日の夜。

仕事から帰宅してすぐに聖也さんから連絡があり、これから迎えに来るとのことだ。昨晩、送ってもらってからキャリーケース三個に荷物は詰め終わっているので、慌てなくて済む。

ベッドの端に座って、深いため息を漏らす。

今日は驚く展開で疲弊した一日だった。

堺館長は上田主任と橋田さんのふたりを呼んで話をした。

上田主任は自分の非を認め、退職することになった。堺館長が無理強いしたわけではなく、ずいぶん前から転職先を見つけていたそうだ。

〝陽だまりの中のライラック〟の件では、私が右往左往するのを見てスカッとしていたと言ったそうで、彼女に信頼を置いていた堺館長はかなりショックを受けていた。

橋田さんは上田主任が転職先を見つけていたことで裏切られたとわかり、その場で彼女を罵倒したらしい。

妻子がいるので簡単に仕事を辞めるわけにはいかず、橋田さんは私に『申し訳なかった。上田主任のしていることは間違っているとわかっていたが、止められなかった』と謝った。

橋田さんは上田主任が絶対だったから、止められなかったのも無理はない。

上田主任からは謝罪のひと言を聞くことはできず、無言でデスクを片づけて、私だけではなくほかの人にもなにも言わずに出ていった。

有給休暇を消化してそのまま退職という流れになるようだ。

こんなことになって残念だが、気持ちを切り替えてイベントを成功させなければ。

そこでインターホンが鳴った。

キャリーケースは三個あったので、聖也さんに部屋まで来てもらい、ふたりで運び車にのせた。

車を走らせる聖也さんが、赤信号で助手席に座る私へと顔を向ける。

「静かだな。契約結婚のこと、後悔している？」

「後悔なんてしていないです。別件です、上田主任のことで」

「上田主任？　あの女か。どうなったんだ？」

ひと通り話をすると、聖也さんはステアリングを強く握った気がした。

「もともと辞めるつもりだったとは、最低な女だな」

「堺館長もショックを受けていました」

そこでホテルに到着し、地下駐車場へ行くスロープを下りていった。

キャリーケースを部屋に運び込むと、二十時近くになっていた。

「食事をしたら風呂に入って、早めに休むといい。荷物は明日にして。あ、契約書を作った。確認したら、お互いのサインをしよう」

聖也さんは黒いファイルを私に手渡す。

「契約書……わかりました」

聖也さんが頼んだ夕食が来る間、明後日着るドレスや通勤着などをキャリーケースから出して、ドレッシングルームにかけさせてもらった。

私のためにハンガースペースとその下の引き出しを空けてくれていた。

まだ整理していないキャリーケースの上に、契約書のファイルを置きっぱなしにしていることに気づき、手に取る。

契約期間は一年間。あまりにも高額なその報酬額に、ギョッとなる。

三億……？　いくら彼がお金持ちだからって、こんな額到底受け取れない。

後で話さなきゃ。

ふと、中央にあるガラスのチェストを見ると、カメオの箱が置かれていた。

気に入ってくれていると言っていたのを思い出し、顔が緩む。

「澪里、食事が届いた」

廊下から聖也さんの声が聞こえ、「今行きます」と言って、ドレッシングルームを出た。

夕食は私のリクエストでパスタとサラダにしてもらった。

手長えびのトマトクリームソースも絶品だった。

「聖也さん、契約書を見ました。聖也さんのためになればと思って受けるだけなので、あんな大金いただけません」

「それでは俺の気持ちが落ち着かないんだ。受け取ってくれ」

「聖也さん……本当に……一年間だけですし。いただけないです」

「わかった。無理に受け取れとは言わない。だが、用意はさせてくれ」

聖也さんはリビングルームのソファに置いた契約書のファイルを取りに行って、ふたりのサインを記入した。

「これは執務室の金庫に保管しておく」

「わかりました」

たしかに別れた後、お金に苦労しない人生が送れるのであれば世界の美術品を観に行くことも可能になる。

ただ私は聖也さんの力になれればと思っての契約なのだから、金額うんぬんの話でではない。


食事を終えて、お風呂を先に使わせてもらう。

「俺はシャワーでいいから、澪里はバスタブを使ってバブルバスにするといい。ゆっくり入ってくつろいで」

「バブルバス！　入ったことないです」

一緒についてきてくれ、液体を入れてからお湯を流し入れると徐々に泡立っていく。

「すぐに入れると思う。じゃあ」

聖也さんはバスルームから出ていった。

円形のバスタブの縁に腰を下ろして、泡が増えていくのを見る。

聖也さんは頼もしくて優しくて気遣いのできる人だ。聖也さんのために契約結婚をするけれど、こんなに素敵な人といつも一緒にいたら愛してしまいそうだ。今でさえ、惹かれているのに……。

考え事をしているうちにバスタブが泡だらけになって、ちょうどいい位置までできていた。

衣服を脱いでガラスで仕切られた脱衣所に置いて戻り、お湯を体にかけてからバスタブの中に身を沈める。

「気持ちいい……脚を伸ばせるなんてすごい……」

カモミールの香りが漂って、泡を伸ばした腕にのせていく。

パリの部屋にはシャワーしかなかったし、マンスリーマンションのバスタブは狭く、体育座りをして入浴していたので、この解放感はなんとも言えない。

バスルームを出て、用意してくれていたホテルのスリッパを履く。隣のパウダールームで綿のパジャマに着替えてから髪を乾かして、ハッとした。

洗濯機は……？　もしかしてない？　聖也さんが洗濯物を干しているところを今となっては想像できない。

パウダールームを出て聖也さんを捜すと、彼はリビングルームの端にあるデスクに着いてノートパソコンと書類を広げていた。

私に気づいて彼は書類から顔を上げる。

「のんびりできたか？」

「はい。とても気持ちよかったです。ところで聖也さん、洗濯機が見あたらないのですが……？」

「ない」

即答に肩がガクッと落ちる。

「全部ランドリーで？」

「ああ。それで不自由はなかったが……澪里は女性だからな。デリケートなものもあるか。わかった。用意しよう」

「用意しようって、そんな簡単に？」

「できる。パウダールームに洗濯乾燥機を置けばいい。手配するよ」

ホッとするが、面倒をかけてしまうので心配になる。

「即決でいいのですか？」

「もちろん。明日の夜には設置されているだろう。キッチンは無理だが、洗濯乾燥機くらいならわけない」

「ありがとうございます」

「あ、冷蔵庫はそこのバーカウンターの棚を開けるとある。飲み物は揃《そろ》っているから自由に飲んで。喉が渇いたんじゃないか？」

「はい。いただきます」

こげ茶色のシックなバーカウンターに歩を進めて腰を屈めて棚を開けると、ミネラルウォーターや炭酸水、ビールやソフトドリンクが入っている。

その中からミネラルウォーターのペットボトルを手にした。

「聖也さんはなにか飲みますか？」

バーカウンターにはカプセル仕様のコーヒーメーカーがある。各種のカプセルが並んでいる様子は宝石箱のようだ。

「では、コーヒーをお願いしていいか？　ブルーのカプセルで」

「わかりました」

コーヒーメーカーに必要なものをセットしてスイッチを押す。

コーヒーが抽出される間、仕事をしている聖也さんへ視線を動かした。

真剣な表情でパソコン画面を見つめる様子が、とんでもなくかっこいい。

機械音が小さくなり止まった。

カップをソーサーの上にセットして、邪魔にならないように置いた。

「ありがとう。仕事があるから先に寝てて」

時刻は二十三時近い。

「まだ仕事が……荷物を取りに来てくれたから終わらないんですね。ごめんなさい」

書類をめくる手が止まり、私へ顔を向けて笑う。

「澪里のせいじゃないよ。考えてもみてくれ、世界主要都市にホテルがあるんだ。膨大な仕事の量だろう？　俺が何人いても終わることなんてない。だから、気にせず先に休むんだ。明日も仕事だろう？」

「なんか……うまく丸め込まれた感が。終わらない仕事があるのなら、私なんかに時間をかけちゃだめですよ」

「だが、息抜きもしないとな。運転や美術館にいるときは仕事のことを考えないのがいい。澪里といるときもそうだよ」

「……息抜きになっているのなら。では、お先におやすみなさい」

「おやすみ」

ミネラルウォーターのペットボトルを持って、リビングルームを離れてベッドルームへ向かった。

ベッドは大きく、大の字で寝ても聖也さんに迷惑がかからなそうな広さだ。

どちら側に寝ようかと思案し、以前寝たときと同じ右側に横になる。

「うわっ、寝心地が違うわ」

あのときのダブルベッドは動くたびに軋んで……こんなベッドに慣れている聖也さんは、きっとものすごく寝心地が悪かっただろう。

ほのかに香る緑の中にいるような匂いが心地よく、目を閉じるとすぐに眠りに引き込まれた。


目覚まし時計が鳴った瞬間、瞼を開けてハッとなる。

隣を見ると、聖也さんの姿はなかった。

まだ六時なのに……もしかして寝ていない？

体を起こして枕を見ればくぼみがあるので、横にはなったようだ。

ベッドから降りたとき、紺色のスーツ姿の聖也さんが現れた。まだ上着を着ておらず、ベストとスラックスの彼は朝から男の色気がだだ漏れだ。

「おはよう」

寝起きの顔を見せるのは二度目だけど、恥ずかしくて手のひらを顔にやってから聖也さんを見る。

「おはようございます。あの、ちゃんと寝ましたか？」

「もちろん。三十分前に起きたばかりだ。朝食は六時三十分に頼んでいる。食事が終わったら執務室へ行く」

ってことは、七時過ぎには仕事を始めているってこと？

その姿勢だけでも、聖也さんはたくさんの社員の生活を保障しなくてはならない重責を担っているのだとわかる。

朝食はまさにホテルの贅沢なメニューで、コーヒーと紅茶が銀製のポットに入り、パンは数種類、サラダにベーコンやウインナー、スクランブルエッグ、フルーツの盛り合わせで朝からこんなに食べられないほどある。

食事後、聖也さんは私にルームキーを渡して出ていった。

ひとりになったペントハウスは落ち着かなくて、まだ時間もあるのでドレッシングルームでキャリーケースから残りの荷物を片づけてから部屋を出た。

今日はロビーを通るため、聖也さんが恥ずかしくないような服装を意識して、ブラウンのワンピースの上にベージュのコートを着ている。

エレベーターから降りてエントランスに向かう途中、何人ものスタッフに「おはようございます」と挨拶される。

もう少しでガラスの扉というところで、男性が近づいてきた。

「おはようございます」

うろ覚えだったが、声をかけられて佐野さんだとわかる。

「おはようございます。佐野さんですよね？」

「佐野です。聖也様にお見送りをするよう申しつかりました。お気をつけていってらっしゃいませ」

「お、お見送りだなんて。今後はかまわなくて大丈夫です。では、いってきます」

頭をペコリと下げて、自動で開いたガラスの扉を通ってホテルを後にした。

堺館長が出勤したのを確認して、館長室へ赴きセキュリティの話をする。

「──わかった。あの名画になにかあってはならない。少し時間をくれないか？」

「はい。よろしくお願いします」

館長室を出て、館内を丁寧に観ていく。

ときどき展示内容は変わるが、全体的に二年前にもあった絵や彫刻が目立つ。お客様的にはあの絵も観たいけれど、別の絵も観たいとアンケートにもあった。

一月のイベントのときには〝陽だまりの中のライラック〟をメインに、盛りだくさんの内容にしたい。

日本の画家が描いた絵の前に、若い女性が立っていた。

スラリとしたスレンダー体形だけれど、姿勢がいいから立ち姿に目がいってしまう。

赤のパンツスーツはけばけばしく見えてしまいそうだが、その女性が着ていると品があるように見える。

女性は隣の絵に移動しようとしたとき、私の方へ顔を向けた。

「いらっしゃいませ」

小さく会釈して立ち去ろうとすると、「あの」と声がかかり立ち止まる。

「ここの方？」

「はい。学芸員をしています」

「絵は売っていただけるのかしら？」

「お気に召した絵があるんですね。残念ながら、うちでは販売はしておりません。申し訳ございません」

軽く頭を下げる。

「いいえ。バカなことを聞いてしまったわ。心惹かれる絵だったので」

「ごゆっくりご覧になってください。では失礼いたします」

女性から離れてオフィスへ戻った。

ペントハウスに戻ってきたのは十九時ちょうどで、聖也さんの姿はない。

忙しいんだから、まだ当分帰ってこられないのでは……？

突として聖也さんが仕事をしていたデスクの上の電話が鳴り、ビクッと肩が跳ねる。

「びっくりした……」

電話に歩を進めて、受話器を取る。

「もしもし」

《佐野です。聖也様はまだそちらへ戻れないので、夕食をご自分の分だけ頼んで召し上がってくださいとのことでした。バーカウンターの横にあるタブレットでのオーダーになりますが、大丈夫でしょうか？》

「昨日教えてもらったのでできます。ありがとうございました」

通話を切り、タブレットを手にしてソファに座る。

じっくりメニューを見たことがなかったので、興味本位にいろいろ見ていくとおなかが空いてきた。

ライスとビーフシチューに決めて、オーダーを済ませた。

二十分ほどで運ばれてきた食事を堪能し、少ししてからパウダールームへ入って驚いた。洗濯乾燥機が設置されていたのだ。

わけないって言っていたけど、本当に一日で用意できちゃうなんてびっくりする。しかもラグジュアリーな洗濯洗剤と、柔軟剤は五種類の香りがある。

聖也さんの気が回るのか、発注した係の人が有能なのか。おかげでホテルのランドリーサービスを頼まないで済むわ。

後で洗濯してみようと考えながら服を脱ぎ、バスルームへ入ってバスタブに浸かる。

こんな贅沢、いいのだろうか……。

レシュロル城で彼に出会わなければ、今の私はどうしていただろう。〝陽だまりの中のライラック〟も観ることができずに帰国して、上田主任とも表向きは良好な関係だったかな。

上田主任の件がなかったとしても、私がパリ出向をしていたこと自体が気に入らなかったのだから、疎まれたまま仕事をしていたかもしれない。

「はぁ……」

思えば、レシュロル城から私の生活は一変したのよね。

素晴らしい男性で、乗りかかった舟的に私をずっと助けてくれている。

そんな男気があって、優しい聖也さんが好き。だから契約結婚も了承したのだ。

この先、いったいどうなるのだろう……。明日、聖也さんの婚約者として認めてもらえるのかな……。

バスルームで長居をしてしまったが、パジャマを着て髪を乾かしてすっかり寝る支度を済ませても聖也さんは戻ってこない。

チェストの上に置かれた時計は二十三時を過ぎている。

世界中にあるホテルの所有者だから、時差の関係で多忙なんだろうな。私には想像がつかない。

ベッドで先に休むのも申し訳ない気がして、ソファに座ってスマホを開き、紗季にマンスリーマンションを出たことを打ってメッセージを送った。

すぐ返信がきた。紗季には本当のことをちゃんと話したかったが、今は知り合いが住むところを提供してくれたとだけ送った。

察しのいい紗季は【わかった。今度会ったとき詳しく話してよね】との返事だった。

モーリーさんのところで撮った絵画の写真を見ているうちに眠気に襲われ、少しだけ……と、目を閉じた。

ふわふわとした浮遊感にまだ眠い目をうっすら開けると、聖也さんの美麗な顔がすぐ近くにあってビクッと体が跳ねる。

ソファでうたたねをしていたことを思い出し、運ばれているところだと状況を把握する。

「お、下ろしてください。重いですから」

「もうベッドに着く。それよりも〝おかえりなさい〟の方がいいな」

大事な物を置くかのようにベッドに下ろされたが、なぜか組み敷かれている。

からかわれているのだろうか。

「おかえりなさい。お疲れさまです。今何時……」

サイドテーブルの時計を見ようとすると「一時だ」と教えてくれる。

「もしかして、毎日この時間まで？」

顔が近くて心臓がドキドキしてくる。

「まあ、そうかな。ねぎらってくれるか？」

「え？　ねぎらうって……？」

「キスして」

「キ、キス？」

今までも間近にある聖也さんに意識していたのに、そんなことを言われて目と目が合わせられなくなる。

「頬でいいよ」

頬だったら唇よりかはハードルが低い。

「で、では、頬に」

聖也さんは顔を落とし頬を差し出す。もう少しで頬に……という瞬間、ふいに顔が真正面を向いて形のいい唇に触れていた。

唇と唇が重なって驚いている間に彼は離れる。

「Merci《メルシー》. Bonne《ボンヌ》 nuit《ニュイ》」

〝おやすみ〟と言い、楽しそうに口もとを緩ませた聖也さんは、私が言葉を返す前にベッドルームを出ていった。

今日は土曜でパーティーの日。

朝になって目を覚ますと、隣に聖也さんはいなかった。朝といってもいつもの起床より三時間は遅い。

キスのせいでなかなか寝つけなかったせいだ。

契約妻なのにキスをした……。どういうことなの？

困惑しているところへ、シャツとスラックス姿の聖也さんが姿を現す。

彼はカフェラテの入ったカップをサイドテーブルに置き、ベッドの端に腰を下ろす。

「おはようございます。ごめんなさい。寝坊してしまいました」

「休みなんだから当然だよ」

彼と顔を合わせて気まずい思いになるも、向こうはいつも通りで何事もなかったかのよう。なので平静を装って今夜のことを尋ねる。

「パーティーまでゆっくりできますよね？」

「そうもいかないんだ。午後からは巻いて行動をするから覚悟して」

そう言って、聖也さんはカップを私に渡してくれる。

まるで外国映画を観ているみたい……。

「ベッドでカフェラテを飲めるなんて、生まれて初めてです。え？　巻いて行動って？　パーティーは十八時からかと」

「パーティーはそうだが、予定が入っている。出かけはしないが。とりあえずバスルームを使うといい。ブランチは四十分後でどう？」

「大丈夫です」

出かけないけれど、巻いて行動って……？

首をかしげる私に、聖也さんは楽しそうに笑って寝室を出ていった。

バスルームを出てサテン地のバスローブを着て、パウダールームで髪を乾かす。

ホテルのバスローブは肌にサラッとなじみ、こんなに着心地のいい布地は今まで着たことがない。

クリーム色のカットソーとブラウンのスカートに着替えてから、ダイニングルームへ向かう。

聖也さんはコーヒーを飲んでいるが、まだ食事には手をつけずにタブレットを見ていた。

「お待たせしました」

「おなかが空いただろう？　食べよう」

彼の対面の椅子に座って食事を始める。メニューは朝食よりボリュームのあるクラブハウスサンドやコブサラダ、種類が豊富なドイツウインナーなどがある。

マスタードをつけて食べると、ジューシーでおいしい。

「履歴に残っていたんだが、昨日はビーフシチューの夕食だったんだな。簡単すぎないか？　サイドメニューのサラダやスープも頼んだ方がいい」

「そんなにたくさん食べられませんよ。それよりもこの後の予定を教えてください」

「ブティックに服を頼んである。ハンガーラックごと持ってくるから、君は気に入ったものを選ぶだけだ」

「着る服には不自由していないです」

すごく贅沢をさせてもらっていて、これ以上なにも望むものはないのに。

「いや、ワードローブにかかっている服が少なすぎる」

「では……二、三枚見せていただきます」

聖也さんがここに呼ぶくらいなのだから、量販店価格とはいかないだろう。

贅沢なブランチを終わらせた三十分後に、ブティックのスタッフと商品が到着した。

十五着くらいがかけられているハンガーラックを想像していたが、運ばれてきたのはリビングルームが狭く感じるほどの量だった。

その多さに絶句する。

「こ、こんなにたくさんの中から服を選ぶんですか？」

「ああ。シーン別に取り揃えてあるから選ぶのも楽だろう」

「ここから気に入る一着を選ぶなんてとても無理です」

すると聖也さんはクッと喉の奥で笑う。

「一着を選ぶのに、ここまで運ばせないよ。何着でもいいからいいと思ったのをスタッフに渡して」

次元の違う買い物に、目を見開いて驚く。

「何着でもいいって、そんな……難しいです」

「選べないのなら、俺に任せてくれるか？」

聖也さんは私をひとつのハンガーラックの前に立たせた。

「これは絶対澪里に似合うはずだ」

綺麗なグリーンで、全体的に小花が散りばめられているワンピースがかかるハンガーを手にして私に近づける。

秋の雰囲気にぴったりだ。これにマスタードカラーの暖かいカーディガンを羽織って、銀杏並木を散歩する光景が頭に浮かぶ。

「素敵ですね」

値札は内側にあるみたいで、いったい一着がいくらするのかもわからない。聖也さんは値段を見ずに、どんどんスタッフに渡していく。

「聖也さん、多すぎます。これではワードローブにしまいきれません」

「使っていないひと部屋がある。そこを澪里のクローゼットにすればいい」

私の心配をバッサリ切り捨てて、その後もスーツや上質なコート、ヒールやブーツ、スニーカー、大小様々なバッグを選んで終了した。

かかった時間は一時間ほどで、驚愕するほどの散財をしたのではないかと思う。

リビングルームに静寂が戻ったとき、再びチャイムが鳴った。

今度は黒い大きな四角いカバンを持った女性だ。

「今夜のパーティー用にネイルをしてくれる」

「ネイルを……？」

仕事では作品に触れるときは白手袋が必須だが、ネイルは作品を汚してしまう可能性があるので禁止されている。

それにネイルをしてもすぐに落とすのがもったいないので、休日もしたことがない。

「仕事上だめだろうから、今夜が終わったら落とせばいい。俺は少し仕事をするよ。では、お願いします」

ネイリストに頼んだ聖也さんは、プレジデントデスクの方へと歩を進める。

私たちはダイニングルームへ行き、色を決めて一本一本の指をマッサージされてから塗り始めた。

ローズピンクとホワイトのフレンチネイルが施された。こんなふうに美しいネイルは初めてでうれしい。

ネイリストが帰った後、再びチャイムが鳴った。

今度は年配のスーツを着た男性と三十代くらいの女性で、最高級の商品しか扱わないと私でも聞いたことのある宝石店だった。

「今夜君を紹介するのに、リングがないと笑われる」

そばに寄ってきた彼はそう言って、リビングルームのソファでエンゲージリングとマリッジリングを選び始める。

契約結婚なので形だけのエンゲージリングでいいのではないかと思い、なるべく小さなダイヤモンドを選ぼうとしたが、どれも大きさはほぼ同じでメレダイヤが多いか少ないかの選択になる。

「澪里がつけるのだから、気に入ったリングを選べばいい」

「……では、これを」

シンプルなプラチナ台に、ラウンドブリリアンカットが施されたひと粒ダイヤが輝くエンゲージリングに決めた。

マリッジリングは石が入っていないものを選ぼうとすると、女性のものはもう少し華やかな方がいいと聖也さんに却下され、リボンのようななめらかな曲線を描いたリングになった。そこにもメレダイヤがふんだんに施されていた。

宝石店のスタッフが帰ると、もう十六時を過ぎていた。

「疲れただろう。軽食を頼んだ。おそらくパーティーではあまり食べられないと思う」

「息切れしそうです。聖也さんはいつも詰め詰めのスケジュールをこなしているんですね」

「なぜわかる?」

聖也さんはプレジデントデスクで腕を組みながら首をかしげる。

「なぜって、今日のこのスケジュールの組み方でわかります。毎日こんなふうに仕事をこなしていたら体調がおかしくなりそう。つらくないですか?」

「仕事も好きだから、そんなふうに思わないよ」

「今日は散財させてしまって心苦しいです」

「俺の妻であることを楽しめばいい」

本当の妻じゃないから、甘えることに躊躇してしまう。

そこへチャイムが鳴り、おにぎりとお味噌汁が運ばれてきた。

シャケのおにぎりをひとつおなかに入れると、今度は美容師の女性がやって来た。

もうなにもないと思っていたので、恨めしそうな目を聖也さんに向けると、彼は右手を軽く自分の顔の横に持ってきて笑う。

「誓ってこれが最後だよ。ドレッシングルームへ案内して」

美容師の女性をドレッシングルームへ案内し、髪を美しく結ってもらう。とても洗練されていて、自分ではとうていできないクオリティだ。

メイクも施して美容師が帰ると、ペールブルーのシフォンのドレスに着替える。

パリからこのドレスを持ち帰るためにキャリーケースの半分を使ったが、どうしても捨てられなかった。

あらためて着てみると、レシュロル城のことが思い出された。

本当に夢のような素敵な時間だったわ。

ホワイトのストラップ付きのサンダルを履いて、ドレッシングルームを出る。

リビングルームのソファにタキシード姿の聖也さんがいた。

「お待たせしました」

「ちょうどいい時間だ。澪里、今日はこれを着けてくれ」

真紅の四角く平たい箱を開ける。

そこには豪華なサファイアが連なるネックレスとピアスが鎮座していた。

「こ、これは着けられないです」

「つけられないとは？　ドレスに合うようにサファイアにしたんだ。もとは母のものだが」

「お母様の貴重な宝石を？　大事なものを……。エンゲージリングだけでも怖いのに……誘拐されたらどうするんですか」

私の言葉がおかしかったのか、聖也さんはあっけに取られた後、笑う。

「俺が澪里に張りついているから誘拐される心配はない。ほら、うしろ向いて」

困惑する私を尻目に、くるっとうしろを向かせる。

そして首もとにひんやりと冷たいサファイアのネックレスが装着された。

「これでいい。ピアスもつけて。そこに鏡がある」

真紅の箱を手渡され、彼はチェストの上にある鏡を示す。仕方なく近づいてピアスを着けた。

滴形《しずく》のサファイアが細いチェーンにぶら下がり、顔を動かすたびに頬に触れる。

鏡の前から離れ、ソファの肘あてに腰掛けて待っている聖也さんのもとへ行く。

「よく似合っているよ」

「まるで別人みたいです。お借りします」

「借りる？　これはもう澪里のものだよ。では行こうか」

私のものって、これはいただけないわ。後で返さなきゃ。

ソファから立ち上がったときに、光沢のあるブラックのベストの上にちらりと懐中時計の鎖が見えた。


ホテルの送迎車に乗って、皇居からほど近い千代田区《ちよだく》にある老舗ホテルのエントランスに着いた。

「顔が引きつりそうです……」

「いつもの澪里でいればいい。招待客の誰よりも綺麗だよ。大好きな美術品の話をすれば緊張がほぐれるだろう。君の仕事は誇れるものだ。聞かれたら話せばいい」

「綺麗かは……でも、聖也さんに恥をかかせないよう気をつけます」

私側の後部座席のドアを運転手が開けて降りたところで、反対側から回ってきた聖也さんに腕を差し出される。

バンケットホールは、ここは外国かと思いそうになるほどきらびやかで、招待客の女性はドレス、男性はタキシードで、シャンパングラスを持ち楽しく談笑している。

「すごいですね。いくらパーティーがあるといってもここは日本なので、ドレスは大げさだったのではと内心思っていたんです」

「旧華族出身の女性が会長を務める会社のパーティーで、年に一度はこうして当時のことを思い出したいらしい」

なるほど。このバンケットホールだけ世界が違い、まるで私が勉強したことのある明治時代の晩餐会そのものだ。

主催の女性は、日本中に展開している美容系の店舗や学校を持っているという。

「聖也君」

背後から野太い男性の声が聞こえて、聖也さんとともに振り返る。

「おじい様」

聖也さんは私のウエスト辺りに手を置き、笑顔を老人に向けた。

目の前の高齢男性は身長が高く恰幅もよく、堂々としたタキシード姿。隣の老婦人はシルバーのI《アイ》ラインのロングドレスで、上品な佇まいだ。

「この方が聖也君の話していた女性かな？」

「真壁澪里さんです。美術館の学芸員で、美術品に関してエキスパートですよ」

聖也さんの紹介の後に「真壁澪里です」と頭を下げる。

「野本と申します。こちらは家内です。ようやく聖也君が身を固める気になったお嬢さんはどんな女性だろうと思っていたが。納得だな」

「ええ。お綺麗なお嬢さんで、聖也さんにお似合いだわ」

この男性が聖也さんの話していた〝野本のじいさん〟で、こりもせずに縁談をセッティングする方なのね。

でも、すんなりと受け入れられてホッとした。縁談をさせたかったのは、聖也さんに早く身を固めさせるためだったように思える。

「ふたりが並んでいると、まるで結婚式のようだな」

野本さんは私たちを交互に見て、顎に手をあててうなずく。

「あなた、澪里さんは純白のウエディングドレスもお似合いになることでしょうね」

「ああ。聖也君、式はいつなんだね？」

「今はバタバタしているので、まずは婚姻届を提出して、挙式は来年の予定にしています」

「おお、そうか。君たちの晴れ姿を見るのが楽しみだよ」

破顔する野本さんは、想像していた厳格で融通のきかない人とはかなり違っていた。

「あなた、向こうから恵利子さんがいらっしゃるわ」

私たちの背後に目を留めた野本の奥様が口にする。

「仕方ないだろう。この際澪里さんを紹介しよう」

ふたりの会話に、その女性が聖也さんの縁談相手だと悟る。

聖也さんの腰に置いた手が、さらに私を引き寄せる。

「野本のおじい様、おばあ様、お会いできてうれしいですわ」

聖也さんの隣に立った恵利子さんという人は、いいところの家柄のような口調で野本さん夫妻に挨拶した。それから隣の聖也さんへ体を向ける。

彼に挨拶をしているその女性には、見覚えがあった。

スレンダーなラメの入ったブラックのドレスに、ゴールドのクラッチバッグを持っている。

この女性はたしか……美術館で絵画を買えないか尋ねてきた人ではないだろうか。

「聖也さん、こんばんは。素敵なパーティーですね」

至極丁寧な口調の彼女に、聖也さんは「婚約者を紹介します」と言って私に微笑む。

「婚約者の澪里です」

「はじめまして。敷島恵利子です」

頭を下げると、艶のあるストレートの黒髪がサラサラと流れる。

「真壁澪里です。あの、人違いでしたら申し訳ありません。昨日、美術館にいらしていませんでしたか？」

「え……？　ええ、行きましたが」

柳眉を寄せて考える敷島さんはわからないと言ったふうだ。

「私はそのときにお話しさせていただいた学芸員です」

「……あのときの？　まったくわからなかったわ。ごめんなさい」

「いいえ。仕方ないです。今の私と仕事中の私とではかなり違いますから」

私たちの会話に反応したのは野本の奥様で「まあ、なんて奇遇なのかしら」と口にする。

「澪里、敷島さんに？」

聖也さんが尋ね「はい」とにっこりうなずくと、敷島さんが困った顔になる。

「私が変なことを聞いてしまって……恥ずかしいわ」

「変なこと？」

野本の奥様が首をかしげて尋ねる。

「はい。展示の絵画を気に入って販売しているのか尋ねたんです」

「恵利子さんの絵画収集は素晴らしいからな」

野本さんの褒め言葉に敷島さんが頬を赤らめたところで、聖也さんが口を開く。

「おじい様、ほかの出席者の方にも婚約者を紹介してきます」

「ああ。行ってきなさい。私も顔見知りに挨拶をせねばな」

聖也さんに促され、三人に頭を下げて歩き始める。

「喉が渇いただろう」

「緊張で渇きました」

「無理もない」

笑みを漏らした聖也さんは、こちらに近づくドリンクスタッフからシャンパングラスをふたつ受け取り、ひとつを私に持たせる。キリッと冷えた極上のシャンパンだ。

こうしていると、レシュロル城で初めて会ったときの聖也さんを思い出す。どうして彼を秘書だなんて思ってしまったのか。

立っているだけで人を寄せつけ、魅力あふれる非凡な人に見えるのに。

それからも聖也さんに声をかけてくる人は後を絶たず、たくさんの人と私も言葉を交わした。

どの人も聖也さんを称賛していた。中には取り入るような人も見受けられたが、彼の立場ならたいていの人はそうなるだろう。

二十一時過ぎ、ペントハウスに戻ってきた。

ずっと立ちっぱなしで足が痛い。

生まれて初めてなほど数多くの人々と話をし、聖也さんの婚約者として笑われないように始終神経を張っていたので、いつにも増して疲弊している。

「お疲れ。座って。バスタブに湯張りしてくる」

「あ、私が」

「いいから。俺はまったく疲れていない。それどころか思いがけず楽しかった」

聖也さんは本当に疲れた様子も見せずに奥へ向かう。

あのパーティーが楽しいだなんて、聖也さんは社交的なのだ。

彼が動いてくれているのに座ってはいられず、立ったままアクセサリーを外し、チェストの上に置いたままの真紅の箱にしまう。

タキシードの上着とベストを脱いだ聖也さんが戻ってきた。蝶ネクタイはなく、ドレスシャツのボタンは数個外されて男の色香を漂わせており、思わず目を逸らす。

「座っていなかったのか」

「アクセサリーを外してて。お風呂の前にネイルを落とすので先に入ってください」

「そうだったな」

そう言ったのに、彼は一緒にダイニングルームに来て椅子に座り、長い脚を組んで除光液をコットンに湿らせるのを見ている。

気に入っていたので落とすのは残念だが、明日の日曜日は出勤だから仕方ない。

「数時間だけだったなんて、もったいないですね」

拭き取るところなんておもしろくもないのに、聖也さんの視線は私の爪に向けられている。

「休日にまた塗ればいい」

「ふふっ、また特別なときに。終わりました」

拭き取れていない箇所があるかどうか確認する。

「ネイルしていた手も美しかったが、そのままも綺麗だよ」

ふいに私の左手が持ち上げられ手の甲に唇が落とされ、心臓がドクンと大きく鳴る。

「今日は疲れすぎているはずだから、風呂に入って早く寝た方がいいな」

「……は、はい」

昨晩の唇のキスに続いて、手の甲のキス……。

聖也さんにとって挨拶程度のものなのに、私の心を揺さぶる。

彼の言うようにお風呂よりもベッドに行きたいくらい疲れている。

「お風呂に入ってきます」

「バスタブの中で寝ないようにな」

冗談交じりに言われたが、過去バスタブの中で眠ってしまい顔に湯がついて目が覚めるというドジをしてしまったことがある。

それを話したら本当に心配されてしまいそうなので、「はい」と笑みを浮かべてソファから立ち上がった。


三週間ほどが経ち、十一月になった。

お互いが忙しくてまだ婚姻届の提出はできていない。

聖也さんは三日前からニューヨークへ行っており、日曜日の夜に帰国する予定になっている。その前はドバイへ出張だった。

彼のいないペントハウスは広すぎて寂しいが、出張中も時折様子うかがいのメッセージを送ってくれていた。

いい関係を築けている気がする。

金曜日に出勤すると、オープン前に館内で働くスタッフ全員が集められた。

以前からスポンサーが現れないとうちはつぶれてしまうかもと社内で噂があったが、

〝陽だまりの中のライラック〟をメインにしたイベントが成功すれば回避できるはずだと考えていたので、スポンサーはイベントにだけつけば回避できるのではないかと思っていた。

それが、スポンサーという形ではなく、買収されて経営者が変わったと堺館長から話があった。

「新しいオーナーを紹介します。敷島オーナー、どうぞ」

敷島？　どこかで聞いたことが……。

考えているうちにドアが開き、見覚えのあるスレンダーな女性が現れた。

あ！

美術館とパーティーで会った女性だった。

彼女が新オーナー……？

前にいた私と目が合って、彼女は微笑んでからスタッフに向かって口を開く。

「敷島恵利子です。以前からこちらの美術館に足を運んでいましたが、ご縁あって経営に携わることになりました。皆さん、どうぞよろしくお願いします」

敷島さんは上品なお辞儀をして、スタッフを見惚れさせる。とくに、隣に立っている橋田さんはボーッと見入っているみたいだ。

新オーナーの挨拶の後、ざっと各部署の紹介を済ませた堺館長はほかのスタッフを業務に戻らせ、イベント担当者の私に残るように言う。

「驚いたでしょう?」

ニコッと笑った敷島さんだ。

「はい。とても。でも熱心な敷島さんのような方がオーナーになってくださってうれしいです」

「真壁さん、知り合いだったのかね?」

堺館長が驚きの声をあげる。

「知り合いといいますか——」

「二度ほどお会いしたことがあるんです」

敷島さんが私の代わりに堺館長に話す。

「真壁さんはとても優秀なんですよ。真壁さん、オーナーのおかげでセキュリティに力を入れられることになった。また追って知らせる。じゃあ、行っていい」

「ありがとうございます。ホッとしました。では、業務に戻ります」

ふたりに頭を下げて、仕事場に戻った。

敷島さんは精力的に美術館を改革しようとしているらしく、顔合わせのあった翌々日にはインテリアデザイナーを招いて堺館長と一緒に館内を案内していた。

館内の壁紙など内装を変えるには、信じられないくらい多額の費用がかかるはず。経営のことは私が口出しすることじゃないので、一月のイベントに向けてどんどん仕事をこなしていくだけだ。

「あら、真壁さん」

廊下で歩いていた敷島さんとばったり会って、声をかけられる。

「敷島さん、お疲れさまです」

「お疲れさま。真壁さん、気になっていたんだけど、エンゲージリングをしていないのね。たしかパーティーでは素敵なのをされていたかと」

「ええ。絵画などの美術品を傷つけてしまうかもしれないので、アクセサリーを身に着けていないんです」

「そうだったのね。ねえ、待遇はどうかしら？　お給料には満足している？」

「満足していると言ったら嘘になりますが、おおむねこのままでいいと思っています」

いろいろと費用がかかるはずなのに、従業員のお給料までアップしたら、多額な投資になるだろう。

「ホテル王が婚約者ですものね。あ、嫌みじゃないのよ。でも、ほかのスタッフは婚約したことを知らないのね。ごめんなさい。勘ぐるわけじゃないの。ふと、どうしてかしらと思ったから」

「出向していたパリから帰国して十月から勤務しているのですが、ちょっとゴタゴタがあって、話すタイミングがなかったもので」

「パリにいたのね。うらやましいわ。渡仏すると一カ月くらいは滞在するんだけど。ねえ、パリの話を今度したいわ」

「はい。ご都合のいいときにお誘いください。では、失礼します」

敷島さんに頭を下げてオフィスに向かい、帰り支度をする。そこへ神野さんが戻ってきた。

「お疲れさま～。ねえ知ってる？　今日来館者がやけに多かったのは、オーナーがチケットを買い取って知り合いに配ったらしいわ」

「うちの美術館に興味を持ってもらえたらいいわね。また来館してくれるかもしれないわ」

「一月のイベントがあれば、うちもかなり有名になるわよ。私も早く〝陽だまりの中のライラック〟の実物にお目にかかりたいわ」

「そうよね。保管してもらっているから聞いてみるわ」

聖也さんが買ってくれたブラウンのカシミアのコートを羽織り、バッグを持つ。

「じゃあ、お疲れさまです」

オフィスを出て駅に向かう。

今夜聖也さんが帰国するせいか、心なしか足取りが軽い。

駅に着いて電車を待っていると、ポケットに入っていたスマホが振動して急いで手にする。

画面に映し出された名前は聖也さんだ。

通話をタップして出る。

「聖也さん、もう着いたんですか？」

《いや、まだニューヨークにいる。帰国は明日の夜になった》

まだニューヨークにいると聞いて、がっかりしている自分に気づく。

「……わかりました。お忙しいのにありがとうございます」

忙しいのなら、時差を考えてかけてくるよりも、メッセージを打てばいいのに……。

《困ったことはないか？》

「はい。順調です」

《わかった。じゃあ、なにかあったらいつでも連絡するように》

通話が切れると同時に、電車の到着アナウンスがホームに響いた。

翌日の月曜日は休館日で休日。しかし、やることもなく一日中ペントハウスにいた。ひと部屋をウォークインクローゼットにリフォームしてくれていたので、そこを片づけたり、リビングルームのテレビで映画を観たりしていた。

ゆっくりしたので体力は回復したが、気持ちは寂しくて、いつの間にか聖也さんのことを考えている。

先ほど空港に着いたとメッセージが届いたので、一時間ほどで帰宅するだろう。思ったより早く、夕食を一緒に食べられそうだ。

いつも私のためにバスタブに湯を入れてくれるので、今日は私が湯張りして出張の疲れを癒やしてもらおう。

四十分後、チャイムが鳴ってリビングルームに聖也さんが現れた。

「おかえりなさい」

「ただいま」

疲れているだろうと思っていたのに、いつもと変わらない様子で安堵するとともに拍子抜けだ。

彼にとってプライベートジェットで海外へ飛び、泊まるところは自分のホテルだから、日本にいるときとなんら変わらないのかもしれない。

私が両親のもとへ遊びに行ったときは時差で数日つらかったが、聖也さんはどうなのだろう。

歩を進めた彼の腕が私の腰に回り、抱きしめられる。

予想もしなかったことで、顔に熱が集中してくる。

「会いたかった」

契約結婚なのに、そんなことを言われたら勘違いしてしまう。

切ない気持ちに駆られているうちに聖也さんは腰から腕を離し、顔を覗き込まれる。

「どうした？」

「疲れているのかなと思っていたら、そうでもなさそうですね。ゆっくりしていただこうと思って、バスタブをすぐ使えるようにしています」

ムードを変えるようにわざと明るく振る舞う。

「ありがとう。先に入らせてもらうよ」

笑みを浮かべた聖也さんはバスルームの方へ消えていく。そのうしろ姿を見ているとまた切なさに襲われ、ため息が漏れた。

お風呂から出てきた彼の髪はまだ濡れていて、拭いてあげたいと思っていると、聖也さんが目の前に立つ。

「夕食が遅くなったな。なにが食べたい?」

「聖也さんが食べたいもので」

「澪里は優しいな。俺を優先してくれるのはどうして?」

どうして……? 愛しているから。

でも、私たちの結婚はあくまでも契約。期限がきたら別れるのだ。

こんなに愛してしまい、もし私の気持ちを伝えたら、面倒くさい女に思われて契約結婚の計画はすぐにでも破棄されてしまうかもしれない。

「澪里?」

「……契約結婚なので、いわゆる聖也さんは雇い主。だから佐野さんみたいに常に満足してもらえるように心がけているだけです」

答えが気に障ったのだろうか、聖也さんは深いため息を漏らす。

「俺が雇い主? いや、俺たちは対等な立場だ」

「そうは……」

首を横に振る彼に言葉を遮られる。

「俺が対等と言っているんだからそう思っていればいい。じゃあ、今日は俺が食べたいものをオーダーしてくる」

そう言って、聖也さんはバーカウンターの方へ足を運びタブレットを手にして、プレジデントデスクに軽く腰を掛けた。

翌日も私は以前からのシフトで休みになっており、聖也さんも午後からの仕事で午前中はフリーだと朝食を食べているときに知らされた。

午前中に婚姻届を出しに行くことを決め、聖也さんの運転する車で区役所に向かう。

三十分後、私は氷室澪里になった。

その場でマリッジリングをはめられると、契約したのだという事実が迫ってきて、なぜか胸の奥がズンと沈む。

聖也さんの左手の薬指にも私がはめたマリッジリングがある。

昼食はホテルのイタリアンレストランで取ることになった。

ペントハウスの二階下にあり、白と赤のインテリアが美しい洗練された雰囲気だ。

初めてのレストランでの食事で、ＣＥＯの妻という立場になったので緊張する。

聖也さんはレストランの支配人に私を紹介する。そして、支配人自らうやうやしく景色のいい窓側のテーブルに案内した。

「ご結婚おめでとうございます。シャンパンはいかがでしょうか？」

聖也さんの父親くらいの年齢の支配人に、にこやかに祝福される。

「いや、これから仕事があるからノンアルコールのシャンパンで乾杯しよう。澪里は飲んでもかまわないが」

「いいえ、ひとりで昼間からは飲まないです。ノンアルコールでお願いします」

「かしこまりました。それではすぐにお持ちします」

お辞儀をして支配人が立ち去る。

「美術館の方は順調？」

「はい……あ、敷島さんが新オーナーになったんです」

「敷島さんって、敷島恵利子さん？」

聖也さんは涼しげな目を若干大きくさせた。やっぱり彼も驚いたのだろう。

「そうです。堺館長が彼女を紹介したときは本当に驚きました。新オーナーのおかげで美術館はリニューアルできそうです。セキュリティ対策も万全になるとのことでした。頼もしいオーナーで安心です」

「そうか。資金は潤沢にあるだろうな」

そう言う聖也さんの顔が陰りを帯びた気がした。

そこへシャンパンのボトルがワゴンで運ばれてきて、それぞれのフルートグラスに注がれる。

「これからもよろしく。奥さん」

「奥さんになった実感が湧きませんが、よろしくお願いします」

「ご両親には連絡したか？」

周りに人がいないことを確認した上で、聖也さんは聞く。

「……まだです。今日区役所を出てから、ずっと考えていたのですが、私たちの結婚は特殊なので、わざわざ知らせる必要はないかなと思い直したんです。なので、結婚式も必要ないです」

聖也さんはなにか言いたげな表情になったが、前菜が運ばれてきて言葉にするのをやめたようだ。

「そのことは後で話をしよう」

ふいにテーブルの横に誰かが立ったので見ると、支配人が白い薔薇《ばら》の花束を持って立っている。

「お食事中申し訳ございません。心よりお祝いを申し上げたくお邪魔させていただきます。ご結婚おめでとうございます」

白い薔薇の花束を差し出され、立ち上がる。

「ありがとうございます。お気遣いに感謝いたします」

「末永い幸せを」

抱えるのがやっとなほど大きな花束を受け取り、香ってくる薔薇に笑みを漏らす。

「支配人、わざわざありがとうございます。妻もサプライズに驚いています」

「喜んでいただけてうれしいです。では、お食事中お邪魔しました。お時間の許す限りごゆっくりお楽しみください」

支配人は私たちのテーブルから離れていった。

「素敵な心遣いですね。さすが一流の会員制ホテルです。このボロネーゼパスタもとてもおいしいです」

「常にお客様のことを第一に考えるように言っているが、俺も驚いたよ。俺は客じゃないしな。ボロネーゼが気に入ったのなら、食べたいときはいつでもオーダーできる。料理に関しては各国の一流シェフを雇っているから、日本にいても本場の料理が遜色なく食べられるようにしている」

最後に出てきたデザートも、プレートに「ご結婚おめでとうございます」とチョコレートで書かれてあった。

エレベーターの前まで送られ、聖也さんは別棟のオフィスへ行くためロビー階へ下りていった。

部屋に戻り時計を見ると、十三時になろうとしていた。

贈られた薔薇の花束を活けようとパウダールームへ行き、花瓶を探す。

「あるわけないか……」

部屋の至るところに花が飾られているが、すべてスタッフが活けたものを届けられるので花瓶はない。

貸してもらうためフロントへ電話すると、十分もかからずに花瓶と剪定《せんてい》ばさみが届けられた。

いろいろな形と素材の花瓶がワゴンにのっていて、美しい陶器のものに決めた。

水を入れて長さを調整しながら活け終えて、リビングルームのローテーブル中央に飾る。

「私にしては素晴らしい出来栄えかな」

美しく咲く白薔薇のおかげなのは充分わかっているが。

聖也さんはその夜、出張でたまった仕事が膨大な量なのか、午前中休暇を取ったしわ寄せなのか、午前を回っての帰宅だった。

九、揺れ動く心

敷島さんとはお昼を一緒に食べるようになり、しだいに親しくなっていった。

美人で気立てがよく、魅力的な女性だ。

「美術館の近くに、こんな素敵なレストランがあったなんて知りませんでした」

今日は徒歩五分ほどのところにある、隠れ家的な小さなフレンチレストランへ連れていってもらい、フランスで修業したシェフの作る料理は絶品だった。

「澪里さんをお誘いしたかったんだけど、人気があってなかなか予約が取れなかったところへキャンセルが出て。幸運だったわ」

「店内は満席ですものね。恵利子さんは食通でいらっしゃいますね」

恵利子さんからお互い名前で呼びましょうと提案があって、そうすることになった。

「小さい頃からお祖父様に様々なレストランへ連れていってもらったの」

「素敵なおじい様ですね」

「澪里さん、パリに二年間行っていたからご存じないかしら？　お祖父様は現役の大臣なの」

「敷島大臣ですか？　もちろん存じ上げています。そうだったんですね」

だから、敷島の名字に聞き覚えがあると思ったのだ。

「澪里さん、聖也さんとはどこでお知り合いに？」

ふいに彼の名前を出されて困惑したが、出会った時期を詳しく話さなければいいのではないかと考える。

「パリです」

「まあ、パリで？　なんてロマンティックなんでしょう。彼は普段プライベートジェットですものね。もう何度も乗っているのではなくて？」

聖也さんと親しくなければ、彼がプライベートジェットに乗って世界中を飛び回っているのはわからないはずなのだけど……なにか記事になって知っているのだろうか。

それとも、もしかしたら……恵利子さんと聖也さんは……親しい間柄だった？

「プライベートジェットは、まだ……」

「あら、そうだったのね。プライベートジェットは最高よ。空飛ぶ寝室だもの。移動中ふたりきりで楽しめるのは、現地で遊ぶよりもいいわ」

どういうことだろう……聖也さんのプライベートジェットのことを言っている？

デザートのりんごの甘露煮の薄切りがたっぷりのったタルトタタンを食べながら、

困惑している。

ちゃんと聞かなければ気持ちが落ち着かない。

「あの、恵利子さん」

彼女もタルトタタンをひと口食べてそしゃくして、首を傾ける。

「なにかしら？」

「……聖也さんとお付き合いしていたことがあるのでしょうか？」

恵利子さんは綺麗にマスカラが施されたまつげを瞬かせて、当惑した表情になる。

「彼には内緒にしてほしいの」

「内緒……ということは、お付き合いをしていたんですね」

聖也さんの元恋人と仲よく食事をしていたなんて……。知らなかった私は楽しかったけど、恵利子さんはどんな気持ちで私と？

「……ええ。あ、でも話さないでほしいの。元カノと婚約者が仲よくしていたら男性としていい気はしないと思うのよ」

「じつは、もう婚約者じゃないんです」

「え？」

恵利子さんは意味がわからないというように、細い首を傾ける。

「結婚したんです」

「……じゃ、じゃあ、澪里さんはもう聖也さんの奥様なの……ね？」

話さなければよかったと思うほど、ショックを受けた様子の恵利子さんに申し訳なくなる。

私の気持ちはともかく、愛し合って結婚したわけではなく、契約結婚なのだから。

「……すみません、お伝えしていなくて」

「ご、ごめんなさい。用事を思い出して」

恵利子さんはコートとバッグ、伝票を持って立ち上がった。

「お支払いは私が――」

「いいのよ。お昼休みはまだ充分あるわ。ゆっくりしてて」

彼女はそそくさとテーブルから離れ、入口にあるレジで会計を済ませてレストランを出ていった。

彼が結婚したという事実がよほどショックだったようだ。

まだ彼に未練があるような反応だった気がする。

聖也さんに話さないでほしいと言われたから、話す気はないけれど……。

恵利子さん、大丈夫かな……。

十一月も残り一日。

聖也さんは今日から再びドバイへ飛ぶ。向こうにホテルを建設中で、来年四月の開業までの間頻繁に行かなければならないと言っていた。

朝食を食べていた聖也さんは、ふいに花瓶に活けた白薔薇へ顔を向ける。

花瓶はリビングルームからダイニングテーブルに移動していた。

「まだ綺麗に咲いているな」

「はい。枯れてきたのもありますが」

彼につられて白薔薇を見る。

「白薔薇の花言葉を知ってるか？」

「え？　いいえ」

「咲き誇る白薔薇は〝相思相愛〟、枯れた白薔薇は〝生涯を誓う〟という意味だ」

生涯を誓う……私たちにはふさわしくない。そう思うと胸が痛みを覚える。

「……素敵な花言葉ですね」

「ああ。支配人もわかって贈ってくれたのだろう。そうだ、澪里も新しいホテルのオープニングセレモニーには出てくれるだろう？」

まるで聖也さんは結婚が続くみたいに言う。ありえないのに……。

「はい。ドバイへ行ってみたいです」

「もう十二月か。美術館のイベントは一月からだよな。開始日はいつ？」

朝食を食べ終え、聖也さんは出勤のためにスーツのジャケットを羽織る。

ドバイへは夜に発つ。私が帰宅する時間に羽田空港へ向かうというので、ドバイから帰国する十日後まで会えない。

「一月十八日の土曜日です。テレビ局も協賛で今月半ばから宣伝をしていただけることになっています」

「テレビ局の宣伝があれば、反響は大きいな」

「そう願いたいです」

今の私には気になっていることがある。

フレンチレストランへ行ったあの日から一週間が経つが、恵利子さんが美術館に姿を見せないのだ。あれほど熱心に動いていたのに……。

「では、行ってくる」

「お気をつけて」

これから十日間は長すぎる。

聖也さんに会えないと思うと、胸にぽっかり穴があいたような感覚になる。

要は寂しいのだ。

聖也さんは一度ドアノブに手をかけるが、ふいに振り返り、私を抱きしめる。

「根を詰めて仕事をしないようにな。じゃ」

回された腕が離されると思った瞬間、額に唇が触れ、私がなにも言えないまま聖也さんは出ていった。

こんなふうにされると、愛されている気がしてくる。

けれど、彼にとっては挨拶代わりのようなものなのだ。

聖也さんの出勤を見送ってからペントハウスを出て、美術館へ向かう。

今日はパンフレットのレイアウトと色彩の確認だ。印刷によって色の出方が違うから、〝陽だまりの中のライラック〟の美しい薄紫のチェックは細心の注意を払わなければならない。

オフィスで仕事をしていると、堺館長が現れる。

「真壁さん、セキュリティの導入なんだが、十二月中には無理かもしれない」

「九日の休館日に工事の予定だったかと……」

「敷島オーナーが体調を崩して入院しているようなんだ」

「入院を？」

「見積書のＯＫをもらっていなくて、私の一存で工事をしてもらうわけにはいかない。私が病院へ行くのも、なにぶん女性であるから失礼にあたると思ってね。真壁さん、お見舞いに行って聞いてくれないだろうか？」

「……わかりました。病状によっては尋ねるのを控えた方がいいかもしれないですね。心配ですからお見舞いに行ってきます」

「よろしく頼む。十五時から面会時間のようだ。病院はここだ。このファイルに見積書が入っている。早退して直帰してかまわないよ。明日報告してくれ」

堺館長からファイルと病院名と住所が書かれたメモを渡される。

文京区《ぶんきょうく》の大学病院だ。


十四時三十分になり、地下鉄に乗る前に菓子折りを購入して大学病院へ向かう。

吐く息が白くなって、冬も本番だなと感じる。

パリの冬も凍えるほど寒かったが、街の雰囲気が好きだった。

ドバイはこの時期平均気温が二十六度くらいなので、聖也さんが持っていったのは薄手のスーツだ。

暑いところから帰国して、気温差で風邪をひかないように気をつけてあげたい。

大学病院の受付で堺館長からもらったメモをあらためて見ると、恵利子さんは特別室に入院しているらしい。

生粋のお嬢様なのね。

面会ノートに名前を記入する。

見舞い相手が特別室なので、受付から看護師に連絡を取り、患者に確認している。

少し待っていると、受付の女性から「本館の十階です。どうぞ」と言われ、入館証を受け取りエレベーターへ歩を進めた。

エレベーターに乗り十階で降りたところでナースセンターから看護師が近づいてきて、名前を言うと特別室に案内してくれる。

ノックをして中からの返事を確認し入室すると、ホテルのような豪華な部屋の真ん中のベッドで恵利子さんは体を起こしていた。

「澪里さん……」

「今日、堺館長から入院されていると聞いて驚きました。お加減はいかがでしょうか。お口に合うかわからないですが、どうぞ」

菓子折りをベッド横のチェストの上に置く。

「お見舞いに来てくれてありがとう。根を詰めすぎて体調を崩しただけなの。お祖父様が念のため、検査をした方がいいと。それで入院させられて」

「重篤な病気じゃなくてホッとしました。あの、堺館長からセキュリティ工事の件でこちらを預かってきました」

ファイルを彼女に渡すと、中から見積書を出して目を通す。

「私の返事がないと工事が遅れてしまうのね。堺館長に謝っておいて。予定通り工事をしてかまいませんと伝えてください」

「ありがとうございます。堺館長に伝えます」

「立たせたままにしてしまって。座って。あと、冷蔵庫に飲み物が入っているからどうぞ」

「喉は渇いていないので。座らせてもらいますね」

パイプ椅子ではない木のずっしりとした椅子に腰を下ろす。

「澪里さん、先日は突然帰ってしまってごめんなさいね。聖也さんがあなたと結婚したなんて聞いて、驚いてしまったの。そこまで私に怒っていたなんて……」

「恵利子さんと聖也さんはかつて恋人同士だったんですね？」

「……ええ。私たちは一年前愛し合っていたの。でも、私にはお祖父様が決めた国会議員の婚約者がいて、いくらホテル王の聖也さんだとしても、政界を担う議員でなければ許してくれなかったの。私が結婚してお祖父様をサポートできるように」

政治家の孫はいろいろなしがらみがあるのだろう。恵利子さんが気の毒になった。

「なんとか結婚は回避できたんだけど、聖也さんはしばらく会わない方がいいと。彼はあのルックスでセレブでしょう？　私は大臣の孫。ゴシップ誌にかぎつけられてお祖父様の耳に入ったら、ますます結婚を許してもらえないから」

彼はなぜ恵利子さんを愛しているのに、私と結婚したの……？

恵利子さんは私たちが契約結婚だと知っている？　でも、体調を崩すくらいショックを受けたのだから知らないのだと思う。

聖也さんが私に期間限定の契約結婚を持ちかけたのは、恵利子さんを愛しているから、その隠れ蓑《みの》として……？

結婚していれば、恵利子さんとパーティーなどで会っても疑われないから？

聖也さんはどんどんパーティーに出てもいいと言っていた。

「澪里さん、驚かせてごめんなさい。煮えきらずお祖父様に逆らえない私に聖也さんは憤って、あなたと結婚したんだわ」

事情があって別れたのなら、聖也さんの幸せを願って、私たちの契約関係をばらすことでふたりの関係を良好にした方がいいのではないだろうか。

「……憤ったからじゃないと思います。私たちは契約結婚なんです。いつかあなたと結婚するつもりなんだと思います」

「え？　契約結婚……？」

心の底から驚いた様子の恵利子さんにコクッとうなずく。

「はい。私たちが知り合ったのは九月です。〝陽だまりの中のライラック〟の所有者を紹介してもらって、帰国した際に契約結婚を持ちかけられたんです」

「そんな……あなたはそれでよかったの？」

「……はい。いろいろ聖也さんには助けてもらいましたし、力になれればと思ったんです」

なんでもないフリをするが、本当のところは恵利子さんと聖也さんが愛し合っていたと知って絶望的な気持ちに襲われている。

私は聖也さんを愛している。でも、彼の気持ちが大事だ。

「早くよくなってくださいね。では、これで失礼します」

椅子から立ち上がり、まだ困惑している恵利子さんににっこり笑って頭を下げると特別室を後にした。

私と聖也さんの秘密を話してしまい、ペントハウスに帰宅しても落ち着かない気分だった。

でも、ふたりは愛し合っているのだから、これでよかったのだ。

聖也さんが帰国したら、契約解除をしてもらおう……。

別れることを考えると気力がなくなって食欲もなく、早めに就寝した。

翌朝、目覚ましで起きたが、頭が重くてだるさを感じる。

しかし、頭が重いのは現実から逃避したせいの眠りすぎで、だるいのは気持ちの問題だろう。

結局、契約解除をしなければならないと思うのに、まだ決心がつかずモヤモヤの気持ちを抱えながら出勤の支度をして、美術館に向かった。

堺館長に、セキュリティの見積もりにOKをもらったと報告する。

「そうか。よかった。では予定通りに工事をしてもらおう」

憂慮していた堺館長の顔は晴れ晴れとし、両手を叩きながら館長室へ戻っていった。

「堺館長も気苦労が絶えないわね」

神野さんがため息をつく。

「でも、敷島オーナーになってからいい方向へ進んでいるわ」

「真壁さん、甘いわよ。私には金持ちの道楽にしか見えないわ。ちゃんとした人なら入院しても先々のことを連絡するはずよ」

神野さんの言っていることはたしかにそうだと思う。

でも今回は聖也さんのことがあったから、気が動転していたのだと思う。

「うっかりってこともあるし」

「もー、真壁さんったら、敷島オーナーと堺館長に振り回されているのはあなたなんだからね」

「私はなんとも思っていないわ。一件落着だから仕事仕事！」

三日後、恵利子さんは美術館に姿を見せた。

お見舞いに行ったときより覇気があって、元気になったように見える。

「退院おめでとうございます」

「澪里さん、お見舞いに来てくれてありがとう。とても励まされたわ」

明るいのは、聖也さんが契約結婚だとわかったからなのかもしれない。

恵利子さんは彼に連絡したのだろうか……。でも、私から聞いたとは言えないだろうからわからない。

聖也さんから私へは、【なにかあればコンシェルジュを頼るように】や【ちゃんと食べてる？】などのメッセージがきている。

ペントハウスは快適で、花瓶を頼んだとき以来とくにお願いするようなこともない。

白薔薇は数本枯れてきていたが、まだまだ見ごたえ充分だ。

聖也さんが教えてくれた花言葉が耳に残っていて、捨てられない。

枯れた白薔薇の花言葉は〝生涯を誓う〟。

私たちは生涯誓い合うことはないのに……。

「あ、これ皆さんに食べていただいてね」

彼女は私に大きなショッパーバッグを渡す。

「こんなに……？」

しかもハイブランドのロゴが入っている。

「私が好きなショコラよ。とてもおいしいから皆さんに渡してね」

「ありがとうございます。いただきます」

「じゃあ、堺館長に会ってくるわ」

恵利子さんはオフィスを出ていった。

「これ、いくらかかっていると思う？」

神野さんが首を伸ばして尋ねる。

「え……一箱三千円くらいするかしら？」

「三千円なんてとんでもないわ。七千円よ。それが人数分……考えるだけで恐ろしい。庶民の私たちとは違うわね」

「恵利子さんはお嬢様だから……。私もプロデューサーから電話が入るはずだから、藤岡さん、皆さんに配ってください」

近くにいた学芸員アシスタントの藤岡さんに渡して、席に着く。

恵利子さん、上機嫌になってよかった。

あくまでも聖也さんとの契約結婚なのだから、私がどうあがいても仕方がないこと。〝陽だまりの中のライラック〟を安全に来場者に見ていただくのが最優先なのだ。

仕事しなきゃ……。


休館日の今日はかなりの人数のセキュリティ工事が入るので、堺館長、イベントの責任者として私、神野さんと藤岡さんが出勤した。

聖也さんはドバイからお昼過ぎに帰国する。

残念ながら出迎えられないが、セキュリティ工事のため出勤するとメッセージを送っている。

十時に作業人五名とセキュリティのシステムエンジニアが三名やって来て、工事が始まった。

すべて終わったのは十九時過ぎで、作業人とシステムエンジニアを外まで出て送り出す。

「はぁ～、ようやく終わった！　おなか空いたわ。食べに行かない？」

神野さんが私と藤岡さんを誘ってくれるが、聖也さんが帰国した日なのですぐにでも帰りたかった。

「ごめんなさい。今日は……！」

駐車場からこちらへ、ゆったりとした足取りでやって来る聖也さんの姿に気づく。

私の視線をたどって、神野さんが顔を向ける。

「すごい美形がこっちへ来るわ。今日は休館日だし、どうしたのかしら……？」

「彼は……知り合いなの」

結婚した話をしていないので、夫だとは言えなかった。

「澪里、工事は終わった？」

彼は麗しく笑みを浮かべる。

その姿に、神野さんと藤岡さんの双方が腕をバンバン叩き、「信じられないくらいイケメン」などと言っている。

「聖也さん、来るなんて……。帰国したばかりで疲れているのに」

「澪里の方こそ疲れている顔をしている。無事にセキュリティ工事は終わったのか？」

「はい」

聖也さんは隣に立つふたりへ視線を向ける。

「こちらは？　紹介してくれないのか？」

「あ、同僚の神野さんと藤岡さんです」

そのとき、藤岡さんが「あ！」と声をあげた。

「以前、館内で澪里さんがどこにいるのかお聞きになった方ですよね？　裏庭だとお伝えした者です」

藤岡さんがペコリと頭を下げる。

「ああ……その節は。おふたりには妻がお世話になっているみたいですね。氷室と申します」

「い、今、つ、妻と今おっしゃいましたか？」

「ええ。澪里は妻です」

彼の言葉に、ふたりは口をポカンと開けてぼうぜんとなる。

「ごめんなさい。言っていなくて。聖也さん、バッグを取ってきます。車で待っていてください」

ふたりを館内へ促してオフィスへ戻る。

「真壁さんが結婚していたなんてびっくりしたわ。しかも芸能人みたいなルックスで」

「……言いそびれて……うちは指輪も禁止ですし」

「そうよね。上田主任の件もあったし経営者も変わって、バタバタしていたものね」

「あんな素敵な人が旦那様だなんて、うらやましいです」

神野さんの後に、藤岡さんが続く。

彼を前にすればたいていの女性が見た目で称賛する。けれど内面も尊敬できる人だ。

恵利子さんのことを愛しているからこそ、私と契約結婚をするのは彼にとってもつらかったのではないだろうか。

「旦那様、月曜日なのにお迎えに来てくれるなんて優しいんですね」

「今日出張先から帰国したから時間があったみたい。じゃあ、お先に失礼します」

ブラウンのコートを羽織り、バッグを持って、ふたりに挨拶してオフィスを出た。

聖也さんの待つ駐車場に向かったが、彼が車の外にいることに驚き、駆け足になる。

チェスターコートの襟を立てているが、きっと寒かっただろう。

「だめじゃないですか。車の中で待っててって。暖かいところから戻ってきたんですから風邪をひきますよ」

助手席のドアを開けてくれる聖也さんに顔をしかめて小言を言う。

「風邪をひいたら澪里が看病してくれるんだろう？」

彼は開いたドアに手を置きシートベルトを締めてくれて、頭をポンポンとされる。

車の前を回って運転席に腰を下ろす。

エンジンがかかっていたので、車内は暖かい。

「で、さっきの質問。看病してくれる？　それとも嫌？」

「もちろん看病します」

聖也さんは麗しく笑みを漏らしてから「気持ちだけもらっておく。澪里に風邪が移ったら嫌だから看病はしなくていいよ」と言う。

「もうっ、それなら、なんでそんな質問をするんですか？」

「なんでだろうな」

肩をすくめた聖也さんはハンドルに手を置き、車を静かに駐車場から出した。

顔が自然と緩んでくる。

迎えに来てもらったことではなく、思いがけず顔を見ることができてうれしかった。

「聖也さん、寒いとラーメンが食べたくなりませんか？　それともセレブだから食べたことがない……？」

ホテルのメニューにもラーメンはなかった。

「普通に食べるよ。油がギタギタのより、さっぱり系が好きだ」

「私もです。帰りがけに行きませんか？」

「いつも食事は俺の意見を尊重してくれるのに、珍しいな。ＯＫ。ホテルの近くにうまいラーメン屋を知っている。一度連れていきたかったんだ。車を置いていこう」

「そんなお店が近くにあるんですね」

こうして他愛のないことを話すのは楽しくて、ずっと聖也さんのそばにいたいけれど、恵利子さんの気持ちを考えたら一緒に住むのはいけない気がしてきている。

この想いは封じ込めて、ただの契約妻にならないと。

私が恵利子さんの立場だったら一緒に住んでほしくないし、キスなどしていたらショックだし悲しい。

ペントハウスに戻ったら話そう。

ホテルの駐車場に車を止めて、クリスマスの飾りつけで賑わっている街に出る。

聖也さんの案内してくれたラーメン店は意外なことに、路地裏の小さな店だった。

大通りなら目につくから彼でも行きそうだけど、ここは知る人ぞ知るような店に見える。

「どうしてこんな場所にあるラーメン屋さんを知っているんですか？」

「ここは十年前くらいに佐野さんに教えてもらったんだ」

「佐野さんが……」

「彼、けっこうラーメン通なんだ」

のれんを分けてガラス戸を開ける。

「いらっしゃい！　おっ！　ぼうずじゃないか」

カウンターの中から、七十代近いのではないかと思われるおじいさんが声をあげたのでびっくりする。

聖也さんをぼうず呼ばわり……？

店主の方が、お坊さんみたいに頭が光っている。

「おやじのラーメンが食べたくなって」

おやじと呼ぶのだから、ふたりには店主と客以上の信頼関係があるのだろう。

店内は六人が座れるカウンター席だけで、奥にサラリーマンふたりの先客がいてラーメンをすすっている。

聖也さんは手前の席に私を座らせてから隣に腰掛ける。

「隣のかわいい女性が奥さんだろう」

「なんで知っているんですか？　さては……」

「夕方、佐野が来たんだよ。ぼうずが結婚したってうれしそうだったぞ」

佐野さんが喜んでいるということは、信頼している秘書にも契約結婚だとは話していない？

「妻の澪里です。かわいいでしょう？」

「頭を下げると「ああ。似合いの夫婦だな」と言ってから、私たちのオーダーを聞いて作り始める。

目の前に出されたラーメンは、中細麺で魚介のうまみたっぷりのさっぱりした味わいだった。

とてもおいしくて、佐野さんや聖也さんが長年通うのもわかる。

また近いうちに来ますと約束して、ペントハウスに戻った。

リビングルームに入って、聖也さんに話をしなければと思うと鼓動が暴れてくる。

「あの、お話があって……」

「話？　コーヒーを入れよう」

聖也さんはバーカウンターの方へ進み、自分の好きな味のブラックコーヒーをセットし、入れ終わると私のカフェラテを作る。

その姿を目にしながら、どう話を切り出せばいいのか考える。

恵利子さんには彼女の話をしないと約束している。だから聖也さんから離れるために、私にはじつは好きな人がいて、結婚したことを後悔していると言おうと決めた。

カップを両手に持って聖也さんがソファに来る。

私の隣に座った彼は長い脚を組んで、背もたれに体を預けひと口コーヒーを飲む。

「話って？　言いづらいこと？」

「どうしてそんなふうに思うのですか？」

「澪里はそういうとき〝あの〟をつけるから」

「そうですね……」

どうしよう、聖也さんの留守中ずっと考えていたのに、いざとなると言葉が出てこない。

「澪里？悩み事でもあるのか？」

「……それに近いです。じつは……好きな人が以前からいて、その人から好意を……」

聖也さんの顔を直視できないが、沈黙が続いてふと顔を見ると、眉根がギュッと寄せられていた。

その顔は怒っているふうではなく、苦悩の表情に見える。

「だから、契約結婚を解除してほしいんです」

今まで組んでくつろいでいた脚を戻して、私の方へ体を向ける。

「解除したら、その男のところへ行くつもりなのか？　どんな人なんだ？」

「パリに住んでいて……以前の家主の息子さんです」

心の中で和樹さんに謝る。恋人を設定するにあたって、和樹さんなら真実味を入れて話せると思ったのだ。

「レシュロル城の招待状を手に入れてくれたのも彼で、緊急のドイツ出張がなければ一緒に行くはずだったんです。あのときの車も彼に借りたものです」

「で、どうして帰国後にそんな話に？　好きだと告白するには遅いんじゃないのか？」

「……いなくなって彼の存在の大きさがわかったと」

嘘に嘘を重ねてしまうが、こうでも言わなければ聖也さんを納得させられない。

「俺を少しも好きじゃない？」

「す、好きですよ。人として。そうじゃなければ聖也さんの話に乗りません」

「人として好きか……」

聖也さんの声がいつになく切なく聞こえて、心がざわざわする。

どうしてそんなふうに……。

「悪いが契約した以上、期限まで君を手放せない」

聖也さんはソファから立ち上がる。

「手放せない……って……」

「言葉通りだ。執務室で仕事をしてくる」

そう言って、困惑する私を残しペントハウスを出ていった。

契約期限まで手放せないのは、やっぱり隠れ蓑にされているからよね……。私と離婚した後に恵利子さんと結婚するため、なにか策があるのかもしれない。

このまま聖也さんのそばにいるのは胸が苦しいけれど、契約期限まではふたりの力になるしかない。

聖也さんが執務室から戻ってきたのは、午前を過ぎる頃だった。

彼が寝る側に背を向けてうとうと眠っていたけれど、上がけを直されて気がついた
が寝たフリをする。

聖也さんの切なそうな声が耳から離れない。

もし彼が私を愛してくれているのなら、恵利子さんのことを考えずに胸に飛び込めるのに……。

翌朝、いつも通りに接しようと決めて朝食の席に着いた。

「おはよう。コーヒー？　紅茶？」

普段通り、飲み物を聞いてくれる。

「紅茶でお願いします」

「ＯＫ」

銀のポットからカップに注いでくれる。今日はアールグレイの香りだ。

毎回、特別にオーダーしなければ茶葉を変えてルームサービスされる。

「ありがとうございます」

「澪里、昨晩言ったことは撤回しない。契約が終わるまで君は俺の妻だから。パリの彼には契約終了まで待ってもらうんだな」

「……わかりました」

今はそう答えることしかできない。

いずれ聖也さんの考えが変わるかもしれない。愛している人とまだ一緒にいられるのだから、よしとしなければ。

「おはようございます。凍えるくらい寒いですよね。今年は寒くなるのが早い気がします」

オフィスへ入ると、藤岡さんがコーヒーを入れていた。

「雪が降りそうなくらい冷えるわね」

コートを脱いで、入口近くにあるハンガーラックにかける。

「真壁さんの旦那様、本当に素敵な人ですね。私が館内で尋ねられたとき、本当に心配そうで真壁さんが好きなんだなと思いました」

好き……本当にそうだったらいいのに。あのときは私と契約結婚をしたかったから親身になってくれたのだと思う。

「彼のような完璧な男性はいないと思うわ」

「ふふ、朝から惚気られてしまいました」

藤岡さんが笑みを漏らした。

午後になって恵利子さんが姿を見せ、壁紙を確認するため一緒にイベントのメイン〝陽だまりの中のライラック〟を飾るコーナーへ足を運ぶ。

「あと一カ月ちょっとで、〝陽だまりの中のライラック〟をここでお披露目できるんですね」

美術館自体、規模が大きいわけではないので、一番広いこの部屋も五十畳くらいしかないのだが、人の流れからこの場所が最適だと堺館長と選んだ。

「私も楽しみだわ。壁紙だけど、この色はどうかしら？」

壁紙の見本を差し出される。原色の黄色だった。

「これでは絵画の薄紫がかすんでしまうかと……もっと淡い方が引き立ちます」

「……そうね。言われてみたらそうだわ。この色がよさそうね」

このコーナーの色が決まり、ほかの壁紙を確認して歩く。基本的に絵画の色彩を邪魔しない色にしている。

「澪里さん、聖也さんのことだけど……私、あなたと彼が一緒にいるのが嫌なの。あなたが私の立場だったらそう思うわよね？」

もっともだと思う。

「聖也さんと恵利子さんのために、契約解除を申し出たんです。お約束通り、あなたのことは話していません」

「え……?」

彼女は驚いた表情で目を大きくさせる。

「でも、解除はしないと言われました。私が彼のそばにいるのが嫌なのはわかります。でも、恵利子さんとのことはなにか考えているのでしょう。なので、信じて待っていればいいかと」

「まだ聖也さんは私を許してくれていないんだわ」

「契約結婚をしてまでも、恵利子さんを愛しているんだと思います。聖也さんなりの考えがあるはずです」

彼女を励ましながらも、胸が痛かった。

聖也さんは契約解除を申し出る前から多忙のため、ペントハウスに戻ってくるのは私の就寝後だったが、その週の金曜日は一緒に夕食を食べられると夕方メッセージをもらった。

朝食は毎日一緒だが、彼と夕食を食べるのはラーメン店へ行った以来だ。

《なにを食べたいか考えておいて》

彼は変わらなく接してくれている。

十九時に帰宅すると、すでに聖也さんはペントハウスに戻っていてプレジデントデスクで仕事をしていた。

「おかえり」

「ただいま。お仕事大丈夫なんですか？」

「ああ。澪里を待つ間に報告書を読んでいただけだ。レストランへ行く？　それともここで？」

「ここがいいです」

聖也さんは常に注目されるからレストランは少し居心地が悪く、従業員たちの目を気にしないで食事をしたい。

「メニューは決まってる？」

「はい。すき焼きが食べたいです」

「鍋か。寒い日にはいいな。オーダーしてくる」

聖也さんがタブレットを取りにバーカウンターの方へ向かったのを見て、コートとバッグを置きにウォークインクローゼットへ行った。

二十分後、日本料理レストランのスタッフがダイニングテーブルに用意し終え、割り下の後にほどよくサシの入った牛肉を入れて食べ始める。

「すき焼きなんて何年ぶりだろうか」

「おいしいですね。冬のお鍋は体が温まります」

ほどよく味の染みたお野菜と牛肉に、聖也さんは普段より食が進みご飯をお代わりした。

なにか音が欲しくて、テレビをつけながら口に運んでいると、パリのシャンゼリゼ通りのクリスマスの様子が映った。

「懐かしい……」

シャンゼリゼ通りのクリスマスイルミネーションは美しく、地元の住人や観光客で賑わっている。

「もうすぐクリスマスだな」

「小さい頃両親と行って、クリスマスの雰囲気を楽しんだのを覚えています。出向した二年間は、ベタなんですがカフェのテラス席で温かいカフェオレにクロワッサンを浸して食べながら、楽しそうな人たちを見ていました」

「そのときに両想いの彼とは？」

和樹さんとの話は嘘なので、ふいうちの問いかけに心臓がドクンと跳ねる。

「そ、その頃は両想いじゃなかったので、ひとりでした」

「俺もこの時季に行くことはあったが、シャンゼリゼ通りへは行かなかったな。来年は行きたいな」

来年の今頃はもう契約期間を終えて他人同士なんだ……彼は恵利子さんと行くのだろう。

「クリスマスは出張なんですね。いつから……？」

「ああ。そうなんだ。すまない。十八日から」

「すまないって、謝らないでください。もともと私たちは契約結婚なんですもの」

「パリの恋人は？　一緒に過ごすつもりはないのか？」

「……そうですね。聖也さんがかまわないのなら聞いてみます」

「かまわないわけじゃない。むしろ……いや、なんでもない。俺の妻なのだから、知り合いや君を知っている者に見られないようにしてくれ」

かまわないわけじゃないのは私への愛じゃなくて、世間体を気にしているのだ。

「わかりました。彼が来る際には細心の注意を払います」

おいしいすき焼きが味気ないものに変わってしまった。

食事が終わると、聖也さんは仕事をするから先にお風呂へ入るといいと言って、プレジデントデスクへ行く。

ぎくしゃくした関係は胸が苦しい。

抱きしめてほしい。そう思うが、聖也さんはあれから触れてこない。契約満了日まで同居人として過ごすつもりなのだろう。

日曜日から美術館のイベントのCMが協賛のテレビ局で流れるようになった。その反響は大きく、翌日からネットサイトのチケットがものすごい勢いで売れていく。

パリで契約したほかの絵画も到着し、学芸員は立ち会いやイベントの問い合わせなどで忙しく動いていた。

CMが始まった二日後、聖也さんはドバイへ発った。

恵利子さんは最近姿を見せておらず、一週間ほど会っていなくて気になっている。

神野さんは「お嬢様は興味を失ったのよ」と肩をすくめていた。

月曜日の朝。

私は今日、十時過ぎのフライトでパリへ向かう。というのも、イベントの準備が大方整ったこのタイミングで急遽休みをもらえたからだ。

堺館長からの心配りという形で、今回の功労者である私にクリスマス休暇をあげようという話が職場で持ち上がったそうで、いっときはひどい目に遭わせてしまったことへの謝罪も含めてみんなが賛成したとのこと。

少しここを離れ、パリでのんびりして聖也さんとの関係を見つめ直したかったから、思いきって行くことに決めた。

彼には、モーリーさんにお礼を伝えるためフランスへ向かうとメッセージを送った。モーリーさんにはパリへ行ってから連絡しようと思っている。

キャリーケースをひとつだけ引いてまっすぐロビーへ歩を進めていると、コンシェルジュの女性が近づいてくる。

「奥様、おはようございます。お出かけになるとはCEOから伺っておりませんが……」

「おはようございます。急遽決まった用件がありまして。彼には伝えてあります。留守中よろしくお願いします」

コンシェルジュの女性に告げて、エントランスで待っているタクシーに乗った。

羽田空港を十時二十分に発ち、シャルル・ド・ゴール空港へは十七時五十五分に到着した。

フライトは十四時間三十五分。パリに到着するまでの間、ひとり冷静になり、彼との関係について考えた。

当初の目的だったパーティーも無事に終わったし、自分は必要ないのでは？と思った。形だけの妻なら彼のそばにいなくてもいい。別の人を愛していると知ってしまった以上、彼の近くにいるのはつらいし、愛し合っている彼と恵利子さんの邪魔をしてはいけない……。

戻ったら、契約満了まで形だけの妻になろう。聖也さんに伝えて、必要以上に近づかないようにすればこの想いを胸の奥底に押し込められるはず。

空港からバスでホテルの近くまで向かい、そこから徒歩七分ほどで到着した。シャンゼリゼ通りからさほど離れておらず、比較的安いホテルだ。

クリスマス休暇で休む店も多い。

明日はクリスマスイブだ。

二年間、ここでひとりきりのイブを過ごしたが、今年もひとり。聖也さんのもとを離れなかったとしても彼はドバイだから、やはりひとりのクリスマスになる。

チェックインが二十時近くになっていたので、出かけずにホテルの部屋で過ごすことにした。

食欲もないから、近くのお店に買いに行く必要もない。

シャワーを浴びて寝支度をしたところで、スマホの電源を入れる。

「あ……」

聖也さんからの着信が何度も入っていた。

急にフランスへ発つと伝えたから、なにかあったと思っただろうか。

日本はまだ朝五時前なので、メッセージで急遽休みをもらえたためパリに来ている旨を送る。

もう一度電源を落として、空港で買った雑誌を手にベッドで横になった。

翌朝六時に目が覚めた。パリのこの時季の日の出は八時四十分くらいで、外はまだ暗い。

たくさん寝たのでもう一度眠ることはできず、起きることにした。

傷心で打ちのめされていても、さすがにおなかが空いている。

暖かいカットソーの上にセーターを着て、ジーンズとショートブーツを履き、ブラウンのカシミアのコートを羽織る。

聖也さんから買ってもらった服は着心地がよく暖かくて、まるで彼に包まれているかのよう。そんな未来は決してこないのに。

パン屋を探しに部屋を出る。

懐かしい空気を感じながら街を歩くが、七時なのでどこもひっそりしている。

少し歩いておしゃれなブーランジェリーを見つけた。イートインができるので、野菜やハム、たまごが挟まったクロワッサンとカフェオレを選び、食事スペースのふたり掛けのテーブルに着く。

今日一日どうしよう……。

開いている美術館を探して観に行くのもいいかもしれない。心を落ち着けることができそうだ。

世界芸術の総本山である美術館が開館しており、時間をかけて素晴らしい美術品を観てから外へ出る。

美術館の前の広場では、お互いの腰を抱きながら歩いていく現地の恋人同士や、小さい子どもを連れた夫婦、若い子たちもクリスマス休暇を楽しんでいる。

いつか聖也さん以上に好きな人ができたら、一緒にパリを歩きたい。でも、彼以上の人は絶対に現れない……自信がある。

もう一緒に笑い合うこともないのだと思うと、胸がズキンと痛んで手をやる。

違うことを考えよう。

これからの予定を浮かべる。明日か明後日はモーリーさんのお宅へ行ってお礼を伝えよう。その後はパリを発ってワシントンの両親の家に行こうかと考えた。

後でモーリーさんに電話をして都合を聞かなければ。

寒さで体が冷えてくる。

そろそろカフェに行こうかな……。

「──里！　澪里！」

「え……？」

名前を呼ばれて立ち止まる。

聖也さんのことを考えていたから、空耳まで……。

「澪里！」

空耳じゃない、聖也さんの声が聞こえたと思ったところで背後から抱きしめられる。

「ずっと探した。俺から離れるんじゃない」

聖也さんの腕の中で振り返り、彼を仰ぎ見ると顔が近づけられ唇が重なった。

驚いて目が大きくなる。なぜキスを……？

戸惑いながらも、私はずっと聖也さんのキスを待っていたのだとわかった。彼とは距離を置くと決心したばかりなのに……。

そっと目を閉じて、彼の腰に腕を回してギュッとコートを掴む。

「急にパリへ行くなんて心配したじゃないか」

「ごめんなさい。どうして……ドバイじゃ……」

彼はあきれたように笑う。

「モーリーに妻をよろしくと伝えようと思い電話したら、なんの連絡もきていないと言われたんだ」

嫌な予感がしてすぐにパリへ飛んだと説明する。

「パリにいる想い人に会いに来たのか？」

聖也さんの初めて見る切ない表情に、胸がギュッと痛みを覚える。

「……そう……です」

たった四文字を紡ぐだけなのに、喉の奥が締めつけられ、目頭が熱くなっていく。

「俺がキスした意味がわかるか？」

キスした意味……。

首を横に振る私の手を掴む。

「とりあえず暖かいところへ行こう」

手を引かれて少し歩くと、道路に止まっている高級外車に乗せられた。

聖也さんの高級会員制ホテルに着いて、スイートルームへ案内された。

時刻は十四時を過ぎたところ。

「体が冷えているから飲み物を入れてくる。ソファに座ってて」

彼は要領よく飲み物を入れてから隣に座り、私の手を握る。

「まず、パリに澪里が好きな男はいない。なにか理由があって、俺から離れようとしているんだろう?」

「好きな人は……」

すぐに答えられず視線を逸らそうとする。

「澪里、俺を見て」

数秒間目を落としていたが、機内で考えたことを言わなければと美麗な顔へ向ける。

でも真摯に見つめられ、また逸らしたくなる。

「頼む。本当のことを言ってくれないか」

懇願するような口調に胸が苦しい。

「君を愛しているんだ」

思いもよらない告白に、心臓が一瞬止まった。

「そ、そんなはずはないです。あなたはずっと恵利子さんを……」

「恵利子？　敷島さんのこと？」

聖也さんは不思議そうな表情になった。そんな彼に違和感を覚えた。

「……恵利子さんから聞いたんです。聖也さんとお付き合いしていたけれど、彼女のお祖父様から反対されて仕方なく別れたと」

「なんだって？　彼女はどういうつもりでそんな嘘をついたんだ？　敷島さんと初めて会ったのは、澪里と出会ったパリから帰国した後だ」

「恵利子さんが嘘を……？」

「付き合っていた事実はない」

聖也さんは腕時計で時間を確認し、恵利子さんの連絡先を知らないからスマホを貸してほしいと言う。

番号を知らない……付き合っていたら、聖也さんのスマホに登録済みだろう。

「……聖也さん、もういいです」

「いや、このままうやむやで終わらせてわだかまりがあってはならない。俺が話すから、澪里はなにも言わなくていい」

仕方なくポケットからスマホを取り出して「近頃恵利子さんは連絡を取り合っていないので電話に出るかどうか……」と言いながら彼女のＩＤを表示させて彼に渡す。

「ありがとう。彼女の美術館への思いは偽物ではないはずだ」

東京は二十二時過ぎ。

聖也さんはメッセージの画面でなにか打ち、送ってから私に見せる。

【イベントの件で大変なトラブルが起きました、遅くにすみませんが至急相談させていただけませんか？】

連絡はくる……？　騙してしまって心苦しい……。

恵利子さんに嘘をついていることに罪悪感があるも、聖也さんは真実をあきらかにしたいと考えている。

そこへスマホが明るくなり、彼女の名前が画面に出た。

聖也さんは通話をタップしスピーカーにして、私にも聞けるようにする。

《澪里さん、トラブルって？　なにがあったの？》

「氷室です」

恵利子さんの息をのむ音が聞こえ、一瞬沈黙した。

《氷室さん……あなたから連絡って、まさか澪里さんになにかあったのですか？》

「俺と敷島さんが過去付き合っていたことがあると妻に話したようですが。その意図をお聞かせ願いたい。あなたのせいで俺は妻を失うところでした」

再び彼女は黙り込んでしまった。

「敷島さん？」

《申し訳ありません……澪里さんに嘘を。私は氷室さんと出会って恋に落ちたんです。婚約段階なら破談の可能性もあるかと思い、様子をうかがっていました》

恵利子さんは私と聖也さんが結婚したと聞いてショックを受け、私と仲よくなる中で契約結婚の事実を聞いて、自分が彼と想い合っているかのように伝われば別れるかもしれないと期待を持ち、嘘を重ねたと話す。

《氷室さんへの想いがあるからこそあきらめようとするなんて、澪里さんは本当にお人よしであきれたわ》

そう言いながらも、恵利子さんは声が震えて泣いているみたいだ。

「澪里はお人よしでもあるが、心の痛みがわかる優しい性格なんです」

恵利子さんは、自分が突然美術館のオーナーを降りたら〝陽だまりの中のライラック〟の管理やイベント実施も無理になり、私を困らせられるという思いもよぎったそうだ。しかし美術愛ゆえどうしてもそれはできず、しばらく私から遠ざかっていたらしい。

「わかりました。俺はどうしようもなく澪里を愛している。たとえ野本のじいさんとの関係があるといっても、これ以上彼女を傷つけるのは許さない」

《……ええ。申し訳なかったと伝えてください》

聖也さんは通話を切った。

「これで信じてくれたか？　澪里の気持ちを確かめたい。別れてもいいと思うくらいだから、俺への愛はない？」

やんわりと笑みを浮かべる聖也さんに、首を左右に大きく振って胸に飛び込む。

「ごめんなさい。聖也さんを愛しています。愛しているからこそ、幸せになってほしかったんです」

「澪里がそばにいてくれなければ幸せじゃないよ。よかった」

彼が体を離すので見上げたら、熱い視線と交わる。

「Je t'aime《ジュテーム》」

〝愛してる〟の言葉が胸に突き刺さり、聖也さんへの想いがあふれだす。

「澪里。俺のものになってくれるか？」

「はい。私を聖也さんのものにしてください」

小さく照れて微笑みを浮かべると、唇が塞がれた。

「ベッドルームへ行こう」

お姫様抱っこをされて向かう。その間、彼の美麗な顔がすぐ近くにあって、ドキドキと心臓が高鳴る。

「なんか、緊張しちゃいます」

「俺もだよ。やっと澪里を愛することができる。どれだけ我慢していたことか」

自虐的に笑みを浮かべた後、唇が重ねられる。

強引でいて、優しい唇の動きにうっとりとされるがままだ。頭の中は霞《かすみ》がかかったようにボーッとしてきて、体の芯が疼《うず》くようなキスだ。

ベッドの上に下ろされる間もキスをしながら、大きくて節のある男らしい手がカーディガンのボタンを外して、下着だけにさせられる。

ブラジャーが外されて膨らみが聖也さんの目にさらされると、羞恥心で顔に熱が集まってくるようだ。

顔だけじゃない。全身が敏感で、彼に触れられ、肌が熱くなって体が疼く。

「触れるのがもったいないくらい綺麗だ」

胸の膨らみが繊細に手のひらで触れられ、痛いくらいに尖りを見せ色づいた頂《いただき》が舌でもてあそばれる。

「ん……っ、あっ……」

聖也さんの舌の動きで体が跳ね、疼く体がどうしようもなくて彼のはだけたワイシャツへ手を伸ばした。引きしまった素肌に手のひらをすべらせる。

ワイシャツを脱がせた上半身は彫刻のような美しさで見事な肢体だ。

「聖也さんをモデルに彫刻家を探したいくらいです」

「そんな考えが浮かぶとは、まだ余裕らしい」

不敵な笑みを浮かべた聖也さんは私の体を起こし、向き合う形になる。

抱きしめられて髪の中に指が差し込まれ、キスが濃密さを増していき、気づけば私は彼の上にのせられていた。

彼を受け入れ、激しく乱され、どんどん押し寄せる快楽の波に溺れていった。

全速力で走ったときみたいに呼吸が乱れている私を抱きしめ、髪を長い指がなでては梳《す》いていく。

「水を持ってくる」

私の額にキスを落としてベッドから出ると、美しい肢体のままどこかへ消えた。ミネラルウォーターの水を持って戻ったときには紺のサテンのガウンを着ていた。

私はというと、極上の布団の下で一糸まとわぬ姿。上体を起こして首もとまでダウンケットを引き上げる。

ベッドの端に腰を下ろした聖也さんは、ペットボトルのキャップを開けて渡してくれる。ひと口飲むとペットボトルを彼が引き取り、同じ飲み口からゴクゴク飲んだ。

「聖也さん、私を愛し始めたのはいつ……？」

「懐中時計を拾ってくれたときにひと目惚れをした。契約結婚を迫ったのは、一年の間に俺を愛させようという魂胆があった」

「え……？」

あのときにひと目惚れしたと聞いて、驚くばかりだ。

「今まで独身で金を持っているせいで、いろいろと大変だったんだ。俺のことを知らず、佐野さんの秘書だと思っていたのが新鮮だった」

「まさか若い聖也さんがＣＥＯだとは最初から考えていませんでした」

聖也さんが楽しそうに破顔する。

「ハンカチが汚れるのもかまわずに懐中時計を拭いてくれたのも、優しい女性だと思ったよ。それに、モテる俺が隣にいるのに、美術品しか眼中にないのも新鮮だった。彼女と一緒にいたら楽しいだろうと。本来、世話好きではないのに、澪里にはなんでもしてやりたくなる。そんな不思議な力が君にはある」

「もっと早く知っていたら……こじれることはなかったのに……」

「そうだな。こんなに焦ることもなかった」

聖也さんの指先が私の顎を捉える。

「澪里。心から愛してる」

熱情をはらんだ瞳で見つめられ、胸が痛いくらいに高鳴ってくる。

「私も……」

聖也さんは口もとを緩ませると、私を組み敷いて唇を重ねる。

「もう絶対に離れるなよ」

「誓います」

聖也さんは麗しく笑みを浮かべると、甘く私の唇を塞ぎ、愛し合えなかった時間を埋め合わすように情熱的に体を重ねた。

翌日の夜、聖也さんは少し用事があるというので、先にシャンゼリゼ通りへと来た。

彼のホテルから徒歩十分の距離だった。

少しの用事くらい待てると言ったのだが、先に雰囲気を味わっていてと返されたので、今こうしてひとりで歩いている。

今日はクリスマスだから、普段より人通りが多い。

ううっ、寒い……もうそろそろ来るかな。

ポケットに手を入れてうつむきがちでゆっくり歩を進めていたところへ、革靴がふいに目に入って立ち止まる。

「澪里」

名前を呼ばれて顔を上げた先に、白薔薇の花束を抱えた聖也さんが立っていた。

「聖也さん……」

「澪里、生涯君を愛し続けると誓う」

大きな花束を渡されて、甘くて華やかな香りに包まれる。

目頭が熱くなっていき、声を出そうとすると涙が決壊した。

「愛している」

ハンカチで目もとを拭かれ、寒さでひんやりした唇が重ねられる。

「私も、愛しています」

花束がつぶれてしまいそうなくらい抱きしめられた。

「寒いな。カフェに入ろう」

聖也さんは私の肩を抱き、賑わっているカフェに向かった。

テラス席でクロワッサンをカフェオレに浸しながら食べる。

昨日まで、今年も寂しくひとりで食べようと考えていたのに、隣には愛している聖也さんがいて心も温まる。

「シャンゼリゼ通りでプロポーズ、とてもロマンティックでした」

「契約結婚から始まったから、ちゃんとしたかったんだ」

目と目が合えば唇が重なる。そのたびに幸せな気持ちになり、笑みを浮かべた。

「お気持ちとてもうれしいです。あ、聖也さん。普段ブラックですが大丈夫ですか？」

「ああ。おいしいよ。寒くはない？」

「はい。片手が暖かいですから」

つながれた手を顔の近くまで持ち上げて微笑む。

「これからもずっと暖めてあげるよ」

「ふふっ、私も」

「子どもみたいだな。パンかすがついてる」

聖也さんはつないでいない方の手で私の口もとを拭い、その後に唇を味わうように口づけされた。

エピローグ

今日は美術館のイベント初日。

建物内にはお祝いの花束や花輪がところ狭しと並んでいる。

来場者が二時間待ちになるほどの大盛況で、アンドレアの過去数回しか公開されていない〝陽だまりの中のライラック〟は世界中から注目されている。

恵利子さんはオーナーを続けることを希望したが、聖也さんは自らが新オーナーになるから辞めてほしいと告げたそうだ。彼女は彼への想いを断ち切るために同意し、その後すぐ海外へ行ったという噂がある。

初日が盛況で終わり、私は〝陽だまりの中のライラック〟の前で、この絵を初めて観に聖也さんとモーリーさんの屋敷を訪れたときのことを思い出していた。

本当に聖也さんにはたくさん力になってもらった。そう言うと彼はきっと、私のがんばりを応援したかっただけだと笑うだろう。

「澪里」

聖也さんの声とともにうしろから抱きしめられる。

「お疲れ。ひとりでこんなところにいてどうした？」

「聖也さん……。この絵を初めて見た日のことを回想していました。あの雷は怖かったなとか、ホテルのビストロは最高だったとか。でも一番は聖也さんがベッドでは紳士的だったことが印象深いです」

聖也さんが喉の奥で低く笑い、頬に唇が触れる。

「あのときのことを白状すると、澪里に触れたくて仕方なかった」

その言葉に驚いて振り返る。

「本当に？」

「ああ。君が無防備にピッタリくっつくから。で、ここにキスをした」

聖也さんの指が私のおでこに触れてから、唇を落とす。

「知りませんでした……」

彼は照れた笑いをして、手を握る。

「帰って初日のお祝いをしよう」

「はい。今日はシャンパンを開けてくださいね」

「そうしよう。これからは澪里が世界中から名画を集め、ここを訪れる人を感動させるんだ」

「本当にできるでしょうか」

「俺がついているんだから間違いない。だが、優先順位は俺が一番だからな」

「もちろんです」

背伸びをして、不敵な笑みを浮かべた聖也さんの唇にキスをした。

END

あとがき

こんにちは。若菜モモです。このたびは『華麗なるホテル王は溺愛契約で絡め娶る』をお手に取ってくださりありがとうございます。

今回は【大富豪シリーズ】第一弾書かせていただきました。

編集部から求められたのは、ゴージャスな出会い。

すぐに今作のヒーロー聖也とヒロイン澪里の古城での出会いが浮かびました。

懐中時計を拾ってくれた澪里にひと目惚れをした聖也は、自分よりも古城の美術品を一心に見続ける澪里が好ましく、契約結婚の策略をします。

苦境に陥った澪里を陰で助ける聖也、どれだけ澪里に惚れてるのよ。なんて思いながら執筆していました。

話は変わりますが、四月にスターツ出版にてファンミーティングを開いていただきました。

ご参加くださいました皆様、ありがとうございました。

貴重なご意見や、質問回答など、あっという間に時間が過ぎていきました。

ベリーズ文庫は四、五十代の読者様が多いと思っていましたが、若い女性も参加してくださっていたので、幅広い年齢層の読者様がいらっしゃるのだと実感しました。二月刊行以来の書籍なので、ずいぶん遅いご報告になりました。

これからも皆様に楽しんでいただけるような作品作りに邁進してまいります。

今回のカバーイラストはヒーローだけ。凛々しく素敵な聖也を描いてくださったのは、何度かお世話になっている夜咲こん先生です。

今作の肝になった〝懐中時計〟もあってうれしいです。いつもありがとうございます。

この本に携わってくださいましたすべての皆様にお礼申し上げます。

二〇二四年九月吉日

若菜《わかな》モモ

若菜モモ先生への
ファンレターのあて先

〒104-0031
東京都中央区京橋1-3-1
八重洲口大栄ビル7F
スターツ出版株式会社　書籍編集部　気付

若菜モモ先生

本書へのご意見をお聞かせください

お買い上げいただき、ありがとうございます。
今後の編集の参考にさせていただきますので、
アンケートにお答えいただければ幸いです。

下記URLまたは二次元コードから
アンケートページへお入りください。
https://www.ozmall.co.jp/enquete/IndexTalkappi.aspx?id=2301

ベリーズ文庫

華麗なるホテル王は溺愛契約で絡め娶る

【大富豪シリーズ】

2024年9月10日　初版第1刷発行

著　者　若菜モモ
©Momo Wakana 2024

発行人　菊地修一

デザイン　hive & co.,ltd.

校　正　株式会社文字工房燦光

発行所　スターツ出版株式会社
〒104-0031
東京都中央区京橋1-3-1　八重洲口大栄ビル7F
TEL　03-6202-0386（出版マーケティンググループ）
TEL　050-5538-5679（書店様向けご注文専用ダイヤル）
URL　https://starts-pub.jp/

印刷所　大日本印刷株式会社

Printed in Japan

乱丁・落丁などの不良品はお取替えいたします。
上記出版マーケティンググループまでお問い合わせください。
定価はカバーに記載されています。

ISBN 978-4-8137-1631-0　C0193

ベリーズ文庫 2024年9月発売

『華麗なるホテル王は溺愛契約で絡め娶る【大富豪シリーズ】』若菜《わかな》モモ・著

学芸員の澪里は古城で開催されている美術展に訪れていた。とあるトラブルに巻き込まれたところをホテル王・聖也に助けられる。ひょんなことからふたりの距離は縮まっていくが、ある時聖也から契約結婚の提案をされて!?　ラグジュアリーな出会いから始まる極上ラブストーリー♡　大富豪シリーズ第一弾！

ISBN 978-4-8137-1631-0／定価781円（本体710円＋税10%）

『凄腕な年下外科医の容赦ない溺愛に双子ママは抗えない【極上スパダリ兄弟シリーズ】』滝井《たきい》みらん・著

秘書として働く薫は独身彼氏ナシ。過去の恋愛のトラウマのせいで、誰にも愛されない人生を送るのだと思っていた頃、外科医・涼と知り合う。優しく包み込んでくれる彼と酔った勢いで一夜を共にしたのをきっかけに、溺愛猛攻が始まって!?　「絶対に離さない」彼の底なしの愛で、やがて薫は双子を妊娠し…。

ISBN 978-4-8137-1632-7／定価792円（本体720円＋税10%）

『執着心強めな警視正はカタブツ政略妻を激愛で逃がさない』伊月《いづき》ジュイ・著

会社員の美都は奥手でカタブツ。おせっかいな母に言われるがまま見合いに行くと、かつての恩人である警視正・哉明の姿が。出世のため妻が欲しいという彼は美都を気に入り、熱烈求婚をスタート!?　結婚にはメリットがあると妻になる決意をした美都だけど、夫婦になったら哉明の溺愛は昂るばかりで!?

ISBN 978-4-8137-1633-4／定価792円（本体720円＋税10%）

『ライバル企業の御曹司が夫に立候補してきます』宝月《ほうづき》なごみ・著

新進気鋭の花屋の社長・苑香は老舗花屋の敏腕社長・統を密かにライバル視していた。ある日の誕生日、年下の恋人に手酷く振られた苑香。もう恋はこりごりだったのに、なぜか統にプロポーズされて!?　宿敵社長の求婚は断固拒否！のはずが…「必ず、君の心を手に入れる」と統の溺愛猛攻は止まらなくて!?

ISBN 978-4-8137-1634-1／定価770円（本体700円＋税10%）

『お久しぶりの旦那様、この契約婚を終わらせましょう』彼方紗夜《かなたさや》・著

知沙は時計会社の社員。3年前とある事情から香港支社長・嶺と書類上の結婚をした。ある日、彼が新社長として帰国！　周りに契約結婚がばれてはまずいと離婚を申し出るも嶺は拒否。そのとき家探しに困っていた知沙は嶺に言われしばらく彼の家で暮らすことに。離婚するはずが、クールな嶺はなぜか甘さを加速して！

ISBN 978-4-8137-1635-8／定価770円（本体700円＋税10%）